谢馨 著

脱衣舞

黄河出版传媒集团
阳光出版社

众里寻"她"千百度

钱　虹

　　记得大文豪歌德曾经说过：理论是灰色的，生命之树常绿。这套"雨虹丛书/世界华文女作家书系"（第一辑）即将由黄河出版传媒集团陆续出版，入选其中的十位华人女作家的十部小说、散文和诗集，犹如十株充满灵气的生命之树郁郁葱葱，而作为这套丛书的主编，望着满眼葱绿，却是思绪万千，久久难以平静。

　　我之所以主编并出版这套"雨虹丛书/世界华文女作家书系"，纯属偶然。自从 20 世纪 80 年代末为母校华东师范大学讲授"台港文学研究"等课程及撰写相关论文，此后不断受邀出席各种香港文学、台湾文学以及东南亚华文文学、北美华文文学研讨会而一脚踏进世界华文文学圈以来，不知不觉竟然已经 20 年了。20 年来，在我先后从事有关中国现代文学、女性文学以及台港澳暨海外华文文学研究的过程中，曾经得到过海内外许多著名作家、学者的热情而无私的帮助。他们中间有的推荐、发表我的论文，有的邀请我参加各种学术会议，有的提供给我从事有关学术课题研究的资料和经费。我曾数次受邀担任香港中文大学、香港大学、香港岭南学院（今香港岭南大学）、台湾大学等学校的访问学者或客座研究员，进行学术交流和访问研究。20年来，我结识了一大批海内外的文学朋友和华人作家，我所得到的各种各样的赠书，其地域之广，几乎可以拼成半张世界地图。

在我结识的海外华人作家中，有相当一部分都是女性作家，我对她们的创作尤其关注。一方面从20世纪80年代以来我的硕士、博士论文以及不少论文都以中国现当代女性作家的文学创作作为论题。研究表明，女性作家及其文学书写，之所以凸显其性别意识，正是因为几千年来所造就的以男权话语为中心的社会、政治、经济、历史、文化等无所不在的形态，使得女性在历来由男性书写的文学史中，往往成为被他人书写、塑造和代言的角色；而女性介入书写，尤其是自我书写，就意味着这种被他人书写、塑造和代言的历史的终结，而在女性书写过程中，其性别意识及其特征会或明显或隐秘地镌刻在其创作文本之中，这正是我对女性作家及其文学书写饶有兴趣的地方。同时我作为一名女性学者，深知女人（她当然在生活中同时也扮演着女儿、妻子、母亲等角色）从事创作与研究要承受比男人更多的艰辛与困难。而那些在海外生存的华人女作家，要在母语创作上取得优异成绩并且得到承认那就更为不易了。比如像入选本丛书作者之一的严歌苓女士，当年在美国求学期间是用"边角料"时间来从事华文创作的：一方面是为了能得到稿酬以便生存；另一方面则是她对于母语写作的那一份挚爱、深情和锲而不舍。这一份对于母语写作的挚爱、深情和锲而不舍，在入选本丛书的其他女作家身上也都可以明显感觉得到。所以，我对那些能够做到事业和家庭都能兼顾，而且创作丰收的文学姐妹始终怀有一份由衷的敬意。

2008年9月，我应"海外华文女作家协会"2008双年会筹备会主席吴玲瑶女士的盛情邀请，作为特邀嘉宾之一，出席在美国拉斯维加斯举行的"海外华文女作家协会"成立20周年的第10届双年会，在这次会议上我曾就"海外华人女性书写"作了如下演讲：

……

我认为，随着20世纪80年代"女权主义""新马克思主义"和"后结构主义"一起成为世界公认的三大批评思潮以来，人们对于占据人类"半边天"的女性在社会生活中的性别角色及其文化意义的认识与探究，20多年来已经取得了丰硕的理论结晶。用著名的社会学家麦克卢汉的话说，"女性主义"在20世纪后半叶的不断扩展，"预示了90年代乃至下一世纪人类精神天地中一朵膨胀的星云"。然而，在现实世界，女性在成才、就业、劳动报酬、职务晋升及人身权益等方面所遭受的"性别歧视"和"温柔宰割"，却又成为始终悬置于她们头上的一把达摩克利斯之剑。并且，国内各所高校20多年来竞相开设"女性学"课程，但其中有一个概念至今似乎仍然模糊不清：即"女性学"课程是否等同于"女性课程"？或者说，这些课程专门是"以女生为对象的课程"，还是"以女性性别问题为内容的课程"？这是两个完全不同的概念和范畴。今天我的演讲并不想就此展开讨论，我想谈一谈我对"海外华文女作家协会"和海外华文文学书写的真切感受。

"海外华文女作家协会"已经走过了20年并不一帆风顺的路程。从第一任会长陈若曦女士开始，到如今的周芬娜会长，以及即将接任的吴玲瑶会长，在一任任会长以及一届届工作干部的无私奉献与卓有成效的领导下，20年来，"海外华文女作家协会"在中华大地以外的世界各国、各地区，在该国、该地区主流文化的夹缝中，顽强地播撒着炎黄子孙和中华文化的良种，传承着华文文学与华夏文明的薪火，期间还经受了各种各样的艰难与辛苦，却始终百折不挠，凭这一点，就值得我们每一位中华儿女为你们自豪与骄傲！在世界各处，你们用笔记录着海外华人身处异国他乡的屈辱和血泪的历史以及奋斗、抗争、生存、发展的历程；你们用笔倾诉着乡愁、乡情、乡思、乡恋以及对"唐山"（祖国）、对故乡的无比热爱；你们用笔抒发着对中国未来的美好祝愿与对同胞手足的关爱之情。5·12汶川大地震发生之后，你们中的很多人不仅自己捐款捐物，还向所在国家或地区进行义卖与募捐，动用一切可以动用的力量，想方设法为灾区的重建做出了力所能及的贡献。我知道，虽然你们身处异国他乡，可你们的心，是永远与祖国、与中华民族紧紧相连，不可分离的。为此，我向你们鞠躬致敬！

"海外华文女作家协会"已经历了20年的难忘岁月。20年，意味着当年呱呱坠地的女婴，已经长成了风华正茂的妙龄女郎，正焕发着青春的气息与迷人的神采。今年的双年会即以"亭亭玉立二十年，欢庆女性书写成就"为研讨会的主题，这是非常有纪念意义的。这次研讨会，首先是一种回顾与检阅，20年来海外华人女性书写的成就几何？其性别文化意义、艺术价值等等体现在哪里，还有哪些不足之处，需要我们客观地、冷静地加以归纳和总结。其次，它也是一次展望与超越，在回顾总结的基础上，确定今后前行的目标和方向，在世界范围内学汉语的人口日益增加的今天，如何传承中华文明的优秀传统，同时又要超越海外华文文学的乡愁、乡情、乡思、乡恋等现有格局与传统书写，拓展海外华文文学的新空间、新天地，正是我们将要共同面对的新课题。

……

去美国之前，就想着如何回顾与检阅20年来海外华人女性书写的成就，当然这首先应该是一种展示，由此希望能找机会出版一套"世界华文女作家书系"。于是我想起了我的校友、时任宁夏人民出版社副社长的哈若蕙女士。为了纪念恢复高考30周年，由母校1978级校友魏威、哈若蕙策划、编选的《大学梦圆》一书，由宁夏人民出版社出版后反响不错，其中也收入了我的一篇回忆当年参加高考的《人生中的"偶然"》。2007年暑期，恰逢哈若蕙来沪出席由宁夏人民出版社和上海作家协会在沪联合召开的纪念高考恢复30周年暨该书出版座谈会。阔别20多年之后，我和她竟然相逢在上海作家协会大厅。两天后我又去她下榻的宾馆探访。我们在一起聊起了如何合作出版一套"世界华文女作家书系"的构想。若蕙是一位敏感而有眼光的出版人，对我的提议即刻做出了积极回应。于是，此后我与她一直保持着电子邮件加手机短信的联系，主要内容基本上都没离开"世界华文女作家书系"的策划。

从美国回沪不久，我就开始约请诸位海外知名度颇高的华人女作家提供作品，她们中有：小说家陈若曦（中国台湾）、严歌苓（美国）、虹影（英国）、陈漱意（美国）、婴子（美国）；散文家吕大明（法国）、尤今（新加坡）、吴玲瑶（美国）、蓉子（新加坡）以及女诗人谢馨（菲律宾）等，并得到了她们的慷慨赠稿。最后确定入选"雨虹丛书/世界华文女作家书系"（第一辑）的，有小说5部，散文4部，诗作1部，虽然诗集如今出版相当困难，但还是尽量兼顾到了文学体裁的多样性。在编选、出版过程中，也遇到了种种困难，甚至几乎胎死腹中，但这套丛书终于还是如有神助般如愿以偿即将出版。在此，我衷心感谢宁夏人民出版社原副社长、现任宁夏文联副主席的哈若蕙女士自始至终的鼎力相助。感谢责任编辑戎爱军的精心运作，在与小戎女士交往的两年中，我深知她是个认真负责、忠实可靠而又淳朴善良、懂得珍惜的人，也是一个肯为别人付出、踏踏实实做好本职工作的编辑，无论我们合作与否，对于她和她的团队的努力，我都是心怀感激的。感谢各位入选者通情达理的积极配合，没有她们的"不抛弃不放弃"，这套"雨虹丛书/世界华文女作家书系"要出版几乎是难以想象的。如今能够顺利出版，是我们共同的福祉和缘分。

至此，"众里寻她千百度"，"为伊消得人憔悴"，终究也都是值得的。为此，我感到欣慰。衷心期盼这套丛书能够得到广大读者的喜爱。在"雨虹丛书/世界华文女作家书系"第一辑出版之后，但愿日后还能合作出版"雨虹丛书/世界华文女作家书系"第二辑、第三辑。新年伊始，万象更新。我充满着期待与遐想。

是为总序。

2009 年 9 月于上海
2011 年 1 月 12 日补志

主编简介

钱虹，女，文学博士，中国作家协会会员。毕业于华东师范大学中文系，先后获得文学学士、文学硕士、文学博士学位。现任同济大学人文学院教授兼同济大学女教授联谊会副会长、妇女研究中心研究员等。主要的社会兼职有：中国世界华文文学学会教学委员会主任、中国当代文学研究会理事、海峡两岸文化交流促进会理事、上海市台湾研究会第一届至第六届理事、上海市长宁区第九、十届妇女代表大会代表等。

主要从事中国现当代文学、女性主义与文学、世界华文文学及中国语言与文学等学科的研究与教学。1988 年至今，曾作为访问学者、客座研究员等应邀在香港中文大学、香港大学、香港岭南大学、新加坡国立大学、台湾大学等进行学术交流与研究工作。著有《文学与性别研究》《女人·女权·女性文学》《缪斯的魅力》《中国现当代文学简史》（合著）《香港文学史》（合著）等 14 部；已在国内外刊物上发表学术论文 200 余篇；发表散文、微型小说等 80 余篇。其中《文学与性别研究》获第二届中国妇女研究优秀成果专著类奖；《女人·女权·女性文学》获"首届龙文化金奖二等奖"；《缪斯的魅力》获"第三届龙文化金奖优秀论著奖"。另有多篇论文获得各种奖项。

目　录

第二辑　点绛唇

第一辑　王彬街

混血儿

血，只有一个颜色
怎么混
还是红的
可是——

曾祖母最贴身的一块中国古玉的
绿
却在你的瞳孔内闪耀着。那是
你们的传家之宝
在东方，是异常罕见的

在西方，沿着
你斜斜上翘的眼梢
人们总奇怪
何以把麦穗照得金黄的太阳
却染不黄

你黑檀木似的
乌亮的发丛?

而当你的父亲,在一次远行
把种子从北地带到
南国
你的皮肤即从未懂得什么叫做
雪的苍白。无需躺在沙滩
曝晒,即呈现
一片自然的浅棕色的
健康美

如此缤纷的色彩似乎仍不能满足
人们的好奇
他们还会爬上
你的鼻梁和脊骨去
寻根
觅源
看你的忧郁是属于地中海的蓝
你的愤怒
黄河的黄
听你的笑声是属于爽朗的西方
你的沉思
深邃的
东方

三把吉他^①

带你走马
　　看花
马是马尼拉
花是三把吉他
音乐原是共通的语言
如果你听不懂菲律宾话

第一首是西班牙二重奏——
伊萨贝拉军火库慷慨激昂的军旅进行曲
圣奥古斯丁大教堂肃穆古典的宗教旋律
第二首是中国小调——
凄凄哀哀的华侨义山
嘈嘈杂杂的王彬街道
第三首是美国热门音乐——
在现代化的高低建筑间
敲打摇滚着

民俗歌谣则是椰子宫、圣第牙哥堡

黎刹公园、手抓饭餐厅……至于尾章

临行前夕　罗哈示大道

防波堤上远望落日

与海谱成的

大自然交响混合着

我导游似的说白：对面的岛屿

是二次大战

麦克亚瑟驻营的所在

啊！你突然摆出

立正的姿态　迎风留下

一句誓言：I SHALL RETURN

注：①三把吉他SAMPAGUITA—菲语茉莉之意。乃菲国花。

王彬街

王彬街在中国城
我每次想中国
就去王彬街

去王彬街买一帖祖传
标本兼治的中药
医治我根深蒂固的怀乡病
去王彬街购一盒广告
清心降火的柠檬露
消除我国仇家恨的愤怒

去王彬街吃一顿中国菜
一双筷子比一支笔杆儿
更能挑起悠久的历史
去王彬街喝一盅乌龙茶
一杯清茶较几滴蓝墨水

更能冲出长远的文化

去王彬街读杂乱的中国字招牌
去王彬街看陌生的中国人脸孔
去王彬街听靡靡的中国流行歌
去王彬街踏肮脏的中国式街道

我每次想中国
就去王彬街
王彬街在中国城

中国城不在中国
中国城不是中国

王　城

十七世纪地中海岸的光辉已远
二十世纪南太平洋的繁华尚未在此成形
　　　断垣残壁内的马尼拉王城
是带有西班牙皇家血统的
　　　　　　　　　　没落王孙
　　　在时光的隧道里静止着
看崭新的现代化都市在四周喧嚣地升起
听古老的巴石河在身边低诉昔日的沧桑

永恒犹未在此驻足
虽远涉重洋的僧侣带来了
救世主
战争离去后
伊莎贝拉碉堡里的军火库
　　　　　　　不藏一颗子弹
圣地牙哥区地下的秘密甬道

只有扑朔迷离的罗曼蒂克故事在流传

然信心仍执著于王城的一砖一瓦
一如圣·奥古斯丁教堂塔尖上
庄严的十字架
而在城垛隙缝中
你会偶然发现
     一株小小的藤蔓
欣然地生长着
纵植根三百年前……

华侨子弟

传到第四代　子孙们
就开始像螃蟹那样横着走
在纸上
他们嘴里咬着热狗
看见龙就说
那是东方的玩意儿
属于遥远的中国

中国是遥远的　就像
照相簿上那张发黄的　土气的
曾祖父的照片
他不懂摇滚乐
　不懂机器人
　不懂电动玩具
他只知道把血汗换成
披索

把爱的种子埋在地下
等他的子孙们
坐享其成

子孙　有些不再继承
祖先的姓氏　他们的名字
也多出了许多绕口的
音阶　有些甚至忘却自己
头发的颜色　只要记住
跑车的年份和牌子就够了
只要记住狄斯哥的新舞步
一首热门歌曲的旋律
就能灌溉
移植的番石榴的
忧郁

偶尔他们也去中国城
走走　去听那些奇怪的中国人
说奇怪的中国话
去买一本老夫子画册
了解一下幽默的中国文化
去看一出功夫电影
去站在中国药铺前，对着
蛇的皮
蝉的翼

乌龟的壳
麋鹿的角
想象中国人是一个多么原始
多么可笑的民族啊

中国的艺术
也有值得欣赏的地方
他们家中就收藏着一张
价值昂贵的鸦片床　一个
真正康熙年代的
痰盂罐用　玻璃罩保护着
高高地陈列在红木酒柜上
一个不知装过谁的骨灰的
古朴的小小的陶器坛

欢乐的日子是永无休止的
中国很遥远　战争很遥远
花开得很灿烂
果子结得很丰盛
叶子要到秋天才落下来　那时
再去玩寻根的游戏吧

华侨义山

在海外　再没有比这块土地更能接近中国
在异域　再没有比这座墓园更能象征天堂
在这里　华裔子孙得以保留他们血缘的根
在今日　炎黄世胄得以维系他们亲族的情

这是一座城
一座比诸葛亮的空城
更空的城
这是一座山
一座比喜马拉雅山
还冷的山
城里住着常年流落异地的游魄
山上住着终老不得归乡的幽灵
他们曾经过着白手起家　胼手胝足的日子
他们曾经尝遍漂洋过海　历尽风浪的辛酸
他们曾经忍受千辛万苦　创业维艰的磨难

现在总算有了一座
自己的城
如今终于造就一座
自己的山

清明时节
烈日炎炎
在他们的城里
锡箔冥纸飞扬着
万圣期间
哀思绵绵
在他们的山上
香烛烟火燃烧着
华裔子孙的汗如泪下……
炎黄世胄的泪如汗下……

马尼拉——我的城市

When Socrates was describing the ideal way of life and the ideal society. Glaucon countered："Socrates，I do not believe that there is such a city of God Anywhere on earth."Socrates answered，"Whether Such a city exists in heaven or ever will exist on earth，The wise man will live after the manner of that city."

四十载生命时空的交会
或许能被容许
如此亲昵且占有性地称呼
马尼拉——你是我的城市
终于我能欣然及坦诚地与你
认同——包括那些贫穷、污染、犯罪
杂乱、腐败……你是赤道边缘
高温燃烧着的炼狱
即使当我穿着昂贵的名牌服饰
坐在豪华的五星酒店抑或

行走于你阳光椰林的美丽海岸

我亦终能醒觉在众多看似

迥异与隔阂的表象之外

我们内在相似的困惑与挣扎

在自以为神乎其技如孙行者

翻过七十二跟斗之后

忽然发现你的地理位置竟然是我

掌纹的延伸

必然而非偶然，运命的抉择

或许你也终能以一座大城的胸襟

来包容我，在知悉

我内在诸般隐含的阴暗面——愚昧

自私·贪婪·狂妄·怯懦……

"没有一座城市是邪恶的

邪恶的是人"

就在我这样温柔地

告诉你的同时，当然也深信

你早已肯定属于人的

终极的至善与完美

我们不断地在成长……

椰子宫

络绎游客中
也许有人选择
纯美
建筑艺术的观点　蛊惑于
COCONUT 内围　紧附于
圆的
六角形——那些门的　窗的
天花板的　地板的
　　泳池的
设计形态　甚至联想到
玄学　升入
人的灵魂的
数字　或是堪与
对称
和谐的图案　但一场

巨大的风暴

　　　　　确曾在小小的

果壳中酝酿　游客们

沿着根须　鱼贯

而入　寻觅一代豪华

春去也的缘由　自枝干

延伸的方向　节节

推理　自叶脉

舒卷的层次　徐徐

忖度　自一间　一间

珠玉　彩石　珊瑚　贝壳

富丽耀眼的居室感喟

马尼拉滨海

　　　新生地上的

一部罗马兴亡史

站在动用两万四千只

椰子壳

镶嵌的餐桌前

我内心渴望的

　　　　　只是一杯

清凉甘美的椰子汁

波拉盖度假^①

惯于临空的走索者
习于更为纤细的
海岸线否？那蜿蜒
悠长、充满韵律的
波动，永远不疾不徐
洁白的沙滩，轻柔而松缓
勿需惧怕坠落
勿需忧虑偏失
舍弃你手中的支杆
拆除你脚下的网罟
这里是水路的边缘
双重的依附是天然的屏障
两栖的倾向有原始的回归

注：①波拉盖（Boracay）为菲律宾海滨胜地。

20

与华青学子共游大雅台

迷你火山一直张口笑着
楼台远眺的学子们
以欢悦的眼神
与它作会心的互动

高速公路驰车
专程前来拜候——
感受湖光山色的清纯
　　花草树木的宁静

且谦　且饮
且舞　且歌
且吟一首诗——
一阵微风吹出一个隐喻
一朵白云浮现一枚象征

阿狄·阿狄罕①

蓝月旅社　阿尔巴古堡

广场及滨海的扎营

地点　皆已客满

在每年正月　正月的

第二个星期日　你来到

卡里卜　你便只好站着

睡眠　如梦令

词牌映现的全是诡异

荒诞的意象——人狼、巫婆

　　　　　妖魔、鬼怪以及脸

臂、腿涂染

抹黑　头戴高昂

冠饰　身着艳丽

背心　挂手环　脚镯

握着矛与盾的一位

阿狄罕首领连跳

带嚷地向你

奔来　跟在他身后的是同样

装束的一大群武士、鼓手、群众⋯⋯

　　咚咚的鼓声

　　　隆隆的踩踏声

夹杂着（哈拉——比拉）的

祈祷声　突然你

发觉你　也夹杂在这疯狂的

蛇舞行列内　疯狂

　　　　　　但并不

野蛮　聪明的西班牙

传教士　已将

宗教的狂热　溶入

异教徒的狂欢（卡里卜——里卜）

的意思就是成千上万

归向基督　听！

VIVAELSENOR SANTO NINO

圣婴万岁的呼喊　野蛮

　　　　　　　　但并不

凶残　人性狂暴的基因

已被节庆的浪潮冲成

欢乐澎湃的

细胞激素　看！你也兴奋地以颜彩

将自己涂成一个

大花脸——一如早年肤色较浅的

马来族　以人工染色体

向黝黑的原乡土著显示

和平与友爱

动人的史诗包括十个婆罗洲酋长　为逃避

暴君马伽帕奚的统治

渡越苏鲁海峡　来到

卡里卜　寻求避风港以及

拿督乌第如何以一项

手打的黄金冠冕　一条项链

一只足环　外加一收成季

农作物换取芭乃岛的

所有权　当你

逐渐清醒　自站立着的

睡眠——一手握着十字架

　　　　　　一手拿着啤酒罐

冲天的烟火正燃亮整个

南地平线　你知道

这是一个永远不会

有战事发生的地方　只要

只要有

阿狄·阿狄罕

　　注：①阿狄·阿狄罕（Ati–Atihan）的意思即（装扮成一个土
人。）乃菲律宾芭乃岛卡里卜城糅合历史、宗教及文化的传统节庆。一连串的活动包括化装舞蹈游行、燃放烟火、斗鸡、选美、各式手工艺展览、弥撒、子夜祈祷以及阿狄武士装比赛。一套精心设计的阿狄武士装有时需花费三百多小时的辛劳人工制作。材料则是取自天然产品如藤条纤维、椰子壳、椰子树皮、竹、席、羽毛、豆草、珠贝、陶瓷碎片、鱼鳞、芦苇、草根、树叶等等。

斗 鸡

农场已经拍卖
所有的赌注皆押在黑暗的一面
再听不到晨曦唤醒灵魂的鸣叫
竞技场内
他们为谋杀的游戏而欢呼

看死亡轻如鸿毛般地飞翔着
看鲜血流在信仰之外，正义之外
一样能激起沸腾，激起狂澜
无需仇恨，无需目的
一样能和对方拼个你死我活

红色的冠冕不是胜利的表征
花翎的装饰亦非光荣的赏赐
在杀戮与被杀戮皆无选择的阴影下
胜与负的结局是等量的空虚
唯一想望的是返回我浑圆洁白的最初

搬　家

花轿般地被好兄弟们呼喝着
抬起　重新着地时——
窗前的芭蕉变成了棕榈
门边的野菊转成了茉莉
屋后的海
现在是山
日和月
也悄悄对调
旧宅的窗依然是旧宅的窗
故居的门依然是故居的门
地基　屋梁
茅檐　竹墙
只有新嫁娘的床
换成了坐北朝南——
是多子多孙的方位啊！

后记：菲国村落，住屋简陋。搬家时，众亲友邻人，将整座房屋，合力抬起，移往新址。菲人称此种活动为 Bayanihan，表示友爱互助的精神。

西班牙俱乐部

纯然只是一个点缀
在庭院中央，那用小红砖砌成的
井，汲水的辘轳
犹悬在半空——并未留下
任何古老的传说，唐·吉诃德
并未在此停驻，为他的
瘦马，打一桶水

大厅墙上挂着十七世纪
维拉斯凯的"布列达献城"，当然
只是一张仿效的复制品，原作存放
在马德里国家博物馆
国宝是不容轻易流放的
麦哲伦的远洋船只
只许携带橄榄油、葡萄和香料
手摇式钢琴播出

全是活泼的西班牙曲子——
啊！美丽的巴塞隆纳，有我
梦中的情人。你永远
永远年轻，在格拉那达……

化妆室门上 SENORITA
简单的字样就能让你联想到
弗朗明哥严厉的舞姿
联想到竞技场
勇猛的斗牛赛

回廊幽深，巴洛克式椭圆的
长窗，在盆栽与垂吊植物
绿的掩映间充满了西欧情调
有欢宴的集会，广场喷水池
便开始腾跃。侍者端上
冒着热气的 PAELLA
冰冻的红酒
是来自地中海岸的梵伦西亚……

咕咕噜咕咕

——墨西哥餐厅 Aunt Mary's Aunt 纪诗

在姑妈玛莉的

姑妈

的餐厅里——

红头绿尾的鹦鹉

会说墨西哥的

西班牙话

它们一排一排地站在

窗玻璃上

比天主教堂镶嵌的

彩色

拼图

还要漂亮

咕咕噜咕咕，它们说：

大胡子荷西

爱弹七弦琴

一音一调

皆是蜜意

柔情

咕咕噜咕咕，它们说：

有一颗赤诚的

心，藏在

厚斗篷里

跳得人七上

八下

咕咕噜咕咕，它们说：

有一双灼热的

眼，躲在

大草帽下

望得人落魄

失魂

咕咕噜咕咕，它们说：

有一种红豆 Frejol

在东方

代表相思

在西方

我我卿卿

咕咕噜咕咕，它们说：
有一种醇酒 Tequila
用仙人掌酿成
滋味像荒漠甘泉
喝了便蜃楼
浮现

咕咕噜咕咕，在姑妈
玛莉的姑妈的
餐厅里
红头绿尾的鹦鹉
会说墨西哥的
西班牙语

手抓饭①

刀光叉影的骑士风范
举箸未定的圆桌武士
啊！不
真正打动芳心的
却是一位赤手
空拳的
江湖侠隐

注：①菲律宾人用餐的一种方式，菲语称 KAMAYAN。

鸭仔胎①

圆寂后早对一切处之泰然
羽化是要经过千年修炼的
未知生，焉知死
至少痛楚是感觉不到了

如果初生的毛发与骨骼令你心悸
血淋淋的屠杀将更惨不忍睹
还是记取那些金黄日暖
白玉生烟的日子

有人摘下了一朵犹在含苞的玫瑰
有人摇落了一颗尚未红透的樱桃

注：①菲人称做 BALOT，闽南人称做鸭仔胎的是一种尚未完全孵
成小鸭之鸭蛋。壳内已初具毛骨形态，烹而食之，滋丰味美。此乃菲国
极其普遍的独特珍馐，沿街有卖。

哈露·哈露 (HALO HALO)①

混血儿的风姿，便如是
闪过我脑际——融合着西班牙的
美利坚的，中国的
还有茉莉花香
飘扬的吕宋岛的……而混血儿
他们说：都是
美丽的

也是象征一种多元性的
文化背景——不同的
语言、迥异的风俗
习惯、宗教信仰
和生活方式……像各色人种
聚集的大都市，充满了神秘
复杂的迷人气息

又像是

一个热闹的大家庭

HOME SWEET HOME

充满了笑声，欢乐

与爱。在信奉天主教的国度

人口的节制，是违反

上帝的意志。而传统的

东方思想，又是那样重视

家族的扩充和子孙的繁衍……

其实，这是一个庆贺丰收的

嘉年华会啊！

　　家家张灯结彩

　　处处歌舞通宵

看！那么多

那么多艳丽的色彩——红、橙、黄、绿

青、蓝、紫……都在我杯中

闪耀

　　注：①HALO HALO，菲语混合之意。此处系指一种冷饮甜食。以各式蜜饯、果冻、牛奶、布丁、紫芋、米花等掺碎冰、冰淇淋搅拌而成。

苏瑞姥姥

苏瑞姥姥（TANDANG SORA）乃菲律宾人对美珠瑞·亚谨诺（MELCHORA AQUINO）的昵称。她八十四岁时，在她小小的杂货店里，曾庇护、照应过许多爱国志士，后来，被西班牙人发现，将她逮捕，送审，并遣配关岛。六年后，重返马尼拉，她去世时，一百零七岁。

八十四岁　应该是
　受人尊敬的年龄
　被人呵护的年龄
过马路有人前来搀扶
在公共场合　有人自动让座
可是　也有人
下令　将我放逐
太平洋　马瑞纳斯岛

或许　他们以为我会像

拿破仑　被禁锢于
地中海　圣·海伦娜岛
　　　　　郁郁以终
那时　他　五十一岁
而我却能六年后重返
祖国菲律宾
那时　我　九十一岁

九十一岁的年龄　加上
流亡爱国的美名　理应受到一些
礼遇和报偿　但我仍旧住在
巴林达瓦寂寂的村落
过着贫穷堪怜的生活……我告诉你
这些　不是向你诉苦
"我从不后悔　如果我有
九条命　也心甘情愿奉献给
我至爱的国家"这是放逐令颁布后
我对西班牙将领布兰珂说的话
我告诉你这些　是要你知道
如果有一种事件
发生　令你突然意识到生命的
意义与活力　突然感受到
光与热与爱　令你相信
这是你必须做　应该做
想要做的事——譬如说
忠贞的革命斗士来到

我的小店　我替他们敷点药
包扎一下伤口　我给他们

一些食物和安慰　我为他们祈祷
譬如说：他们将我逮捕
送往毕立比监狱　承受一连八天
严厉的军事审讯　而我仍不说出
永不说出英勇孩子们的
藏匿所在　譬如说：他们遣配我
出境　在人地生疏的异域
生活了两千多个孤寂的日子……

我告诉你这些　也不是对你
炫耀　而是要你知道
在生命中　如果有那么一个
时刻　你突然面对
发挥人性尊严与勇气的机会
你突然发现一种狂涛
闪电的力量　一种迈向自我
灵魂的完整与理想　你千万
千万不要犹豫　不要退缩　不要
畏惧　不论
你是八十四岁或是九十一岁的
高龄

高龄不是借口

席朗女将军

盖布蕊拉席朗 Gabriela Silang（一七三一——一七六三）。菲律宾伊洛可斯地区民族英雄杰哥·席朗之妻。杰哥遭敌人暗杀后，她继续领导部下和西班牙军队作战，最后寡不敌众，被俘，受绞刑而死。

亲爱的杰哥　我是多么渴望
能由雕像冷肃的高台
迈回生命狂热的平原
由马尼拉　二十世纪的水泥森林
重返
伊洛可斯　十八世纪的自然绿野
时光能倒流吗　二百二十七年后的
今天　他们视我
为妇女解放运动的表征
他们说我是菲律宾的圣女贞德
他们将我挥刀跃马的形象停格

在全国最繁华的商业中心——
无数的车辆在我身旁穿梭
来往　但是杰哥
我是多么思念　与你并肩
驰骋的欢畅　邻近的
半岛和洲际　是两座现代所谓
五星级的旅社　那么杰哥
我们维干　甜蜜的故居和家园
应该是
整片闪耀的星空了
在那一片星空下
亲爱的杰哥　我们度过了
五年　安适快乐的日子
殖民地的阴影逐渐扩张
一七六二年十二月十四日
你决然宣布
自由伊洛可斯的独立
在圣陀，多明阁　与敌人首次交战
你便旗开得胜　再次传捷
即长驱直入我们的家乡
维干　犹斯他瑞斯主教及一些
异族官员　狼狈渡河逃亡
你仁慈宽宏地让他们
保全了性命

你不但是一位优秀的军事家

也是一位英明的领导者

你的军营堡垒般

在山顶　俯瞰整个维干城

你选贤用能　制法定律

征收　公平的税金

你派遣使员　赴其他省份

呼吁同胞　精诚团结

你自由的号召　受到

伊洛可斯各城镇

热烈的响应

你的声势愈来愈大

敌人开始感到畏惧并且知道

已不能用武力来击败你　于是

便使用一种最卑鄙的手段——暗杀

暗杀者　竟是

你亲信的朋友　米格·韦可斯

亲爱的杰哥　我带着无比的悲愤

继承　你的遗志

在叔叔卡瑞诺及忠贞弟兄们协助下

退守到我母亲的家乡辟第干

成立　自由伊洛可斯流亡政府

我召集了更多的斗士　发动

沿海城镇游击战术的攻打
我们的力量　逐渐增加
到两千人　我们只有刀斧　弓箭
火竹茅及从敌人那里夺来的
几支毛瑟枪　但是我们
充满坚毅的决心和勇气
由我——女将军——大家如此尊称我
一马当先
飞骑率众　朝
维干行进

亲爱的杰哥
敌人的队伍　是经过严格训练的
六千大军
敌人的配备　是肉身难以抵挡的
枪械与炮火
我们攻城的壮举　受到
惨重的回击　叔叔卡瑞诺
就在这次战役中牺牲了

我们只好退到邻省　阿贝拉
在荒山野地躲藏逃匿
最后被擒房时
只剩下我和八十位兄弟
兄弟们　一个一个被敌人

分配到沿岸不同的城镇　绞杀

示众　而我——最后的生存者

则被带往维干

接受军事审判　于

一七六三年九月二十日

以同样的方式　处死

行刑的那天

和风　丽日

天空没有下一点雨

我也没有流一滴泪

亲爱的杰哥　游客们

又在我雕像的四周伫立

仰望　他们赞赏我

飞扬的长发

激昂的表情

握刀的气概

跃马的风姿

"是一座优雅的雕像啊！"

"是一位美丽的女英雄啊！"

这样就够了　亲爱的杰哥

让他们忘却战争

忘却暴虐和杀戮

让他们欣赏我　像欣赏一件

艺术品　让他们永远享有

自由　平等　民主

让他们心中充满美与爱

让他们快乐　就像我们早期

在维干

并肩驰骋的岁月……

玛莉亚·克拉芮

玛莉亚·克拉芮——黎刹小说《勿犯我》NOLI ME TANGE-RE 及《叛道》EL FILIBUSTERISMO 中的女主角。后成为菲律宾上流社会柔顺、保守妇女的典型。

我似乎听见　马车嘚嗒

载你行经王城

古老石板的街道

褐红斑驳的墙垣

掩映在粉白茂密的茉莉丛中

玛莉亚·克拉芮

你下车的姿态

有公主的矜持

走上石阶

又有圣女的典雅

我们似乎看见　你用纤纤玉手

轻沾圣水
在额头　心上　双肩虔敬地画
十字　行一个屈膝礼
进入教堂
嘴里喃喃着祷词
"因父及子　圣灵的名　阿门"

玛莉亚·克拉芮
你坐在水晶吊灯的客厅里
低头勾织镂花的餐巾
隔室　传来悠扬的琴声
楼下　飘入椰糕的香味
靠墙的玻璃柜里
外祖母珍藏的银质餐具　闪闪发光
依窗的小茶几上
厚重精装本的镀金圣经　正翻在
哥林多前书十三章："爱是恒久忍耐
爱是不嫉妒　不自夸
爱是凡事包容，凡事相信　凡事
盼望……"宁静的午后
阳台盆栽的紫罗兰正娇艳地绽放
在时代潮流的回旋和
民族意识的激荡里
玛莉亚·克拉芮
你是没有选择余地的

必然造就更大的
疑问　但一个形象
一旦塑成　便像
一棵树　已然生根
一颗星　已被指认

玛莉亚·克拉芮　也许
你会垂下及腰的长发
在鬓边　插一朵
大红花　也许
你会赤足裸身　奔跑于沙滩
把乳白的皮肤晒得赤黑
也许你会换上迷你裙　牛仔裤
挤在游行的队伍里
高呼女权运动的口号……

但我依然　玛莉亚·克拉芮
啊　玛莉亚·克拉芮
我依然看见你从容贤淑地
站在桃花心木的长镜前
整妆——
　　　宽袖　长裙
　　　披肩　绒鞋
手中一把　西班牙折扇
胸前一串　洛可可项链

上教堂望弥撒
光润的云鬓
簪一方蕾丝的头纱

第二辑　点绛唇

丝棉被

当然我无意
重复抽丝
剥茧的过程：由蛹
至蝶，远溯至
老庄的梦境

我只延着丝路，寻觅
温柔乡
的位置：彩绣的
地图，在被面
勾勒出东方
旖旎的经纬。织锦的
罗盘，由纤细的花针
指向古典
琴瑟的一丝一弦

点燃一支红烛。低吟

　　一首蓝田

种玉的晦涩诗篇

啊！温柔乡

云深，雾重

虚无缥缈如芙蓉帐

闭上眼，依稀听见

春水暖暖

自枕畔流过……

床

什么是你
知道，而我不知道

在

水

平

线

下

当呼吸均匀
起伏如波浪——千寻的
海底，有彩色
斑斓的鱼群，悄悄穿越
美丽的珊瑚丛林。一艘
古老的沉船，拥抱着
无数的宝藏，和一个神秘的
传说，等待着
水草摇曳

生姿，有异光
闪耀自黑暗的旋涡
深处……而海面波平
如镜
如我安适的睡眠

什么是我知道，而你
不知道

在

地

平

线

上
当鼾声微微
如传递讯息的击鼓——来自
遥远的洪荒。我看见
茹毛饮血的原始人，学习钻木
取火
星座熙攘，转移着
方向。时光的脚步
伴着明天，向我走来
一朵小花，正徐徐
展颜，柔和
如婴儿
如我梦中的微笑

古　瓷

原是火与土共同塑造的
灵魂
　　以龙凤之姿
　　以古典之影
　　以不凋之花
展现于清纯
浮印于浑圆
如此冷静
如此以不变应万变

请以温柔待我
抚我　　以洁净之手
顾我　　以喜悦之目
恋我　　以虔敬之心
经不起打击
我会为你碎成片片

且你终将
难以弥补悔恨的裂痕
甚至　你哭泣一个春天
甚至　你把乾隆皇帝请来

多少朝代的帝号升起又没落
多少世纪的烟云聚集又消散
而我也只能这般
有所不为地
等候
和
期盼

仿古陶瓷

如同那捧着我
回家的妇人
我们都不喜欢
被问及年龄：
她怕人说她年老
我怕人说我年轻

老——是我梦寐的企求：
比彭祖老
老成一个神话
比仙桃老
内心更甜适
双颊更红润

老得皮肤像古陶瓷绘影
绘声美丽的纹饰——

它们是天上的云路　大地的流水
植物的叶脉花瓣　动物的骨骼形态
每一条是经验的舞姿
每一条是灵魂的图腾

老得像博物馆
玻璃柜陈列的文物
安详地坐在丝绒垫上
接见来自各方的人们
向我寻索历史的见证
生命的智慧和奥秘

老——是我心底的向往：
老得我终于
终于知道
什么才是——真

香　熏①

生命延绵展示的诸般形态里
这是多么飘逸雅致的舞姿啊
　　　　　　在花季之后

万紫千红化为缕缕
万雾轻烟……

而你终能静静听闻
缤纷落英敞开
　　　　　瓣瓣心扉
细诉往事
前尘……

且已学会
不再为回忆的甜美与苦涩
忧伤　在如此安宁

芬芳的氤氲中
感知一切依然存在
　　　　永远存在……
灵魂深处的眷恋
喜悦和祝福
也都正在进行着……

注：①即熏炉，作熏香之用（花卉或香木）。瓷熏炉始于东吴，六
朝时较流行，以适应当时贵族子弟"无不熏衣、敷粉施朱"的讲究生
活。由古诗词中亦可得知香薰为生活中增加情趣的器物。宋代设计的造
型尤为新颖生动，香气可从鸭口、狮口、龙口等喷出。

天　目①

能否以此拙朴的小瓯前来
托钵化缘——
　　在乞讨与施舍之际
　　于茶道和禅宗之间
千年累世的因果悄悄浮现：
　　也许是红尘滚滚石头记中的老君眉②
　　也许是青葱翠绿山边水涯的碧螺春③
　　也许是护驾高僧西域求经的白毛猴④
　　也许是大慈大悲庄严神圣的铁观音⑤

东瀛三岛航向支那名山
惊涛骇浪岂止弱水三千
潜心修炼面壁静坐
归国的行囊里只有宝物三件：
藏经、念珠和几个黝黝的瓷碗

含饴品茗一如拈花微笑
也是另一种方式的悟道
在小小的黑釉茶盏里——
有野兔奔跑
玳瑁行走
鹧鸪鸣叫

注：①日本对中国黑釉瓷的通称。现已成为世界共同用语。相传宋朝浙江天目山佛教寺庙林立，日本僧人多往留学，返国时，常带回天目寺庙所用之建窑黑釉茶盏做纪念。这种天目盏在日本成为时尚，且被称之为天目釉。建窑黑釉由于坯土含氧化铁高，制作时，釉质流窜，常会出现一些结晶体，像兔毫四散、鹧鸪或玳瑁等花斑窑变。

②③④⑤老君眉、碧螺春、白毛猴、铁观音皆茶叶名。

转心瓶①

隔着镂花窗棂窥视
你心中的动向
走马灯般的岁月
旋转着无尽真宝
又虚幻的景象——
天干　地支
　　　　　　鼠牛
虎兔奔窜
时空交替——
　　哈雷　七杀
紫微　文昌闪亮

悠然停格的
是那一个历史的转折——
不是离宫不是禁苑
亦非三日三夜

火焚的圆明园
悄悄映现的是魂牵
梦萦的古月轩②——
粉红黛绿比美玉环
更胜飞燕
抹金描银软色硬彩
还有七宝珐琅的景泰蓝

注：①转心瓶，亦称"旋转瓶""夺环瓶"。清代宫廷流行的瓶式之一。转心瓶造成双重，外层镂刻，可见到内侧；内层能回转。这是相当有技巧的作品。

②古月轩，经常指清乾隆时烧造的极上品粉彩瓷。一般有三说：一谓乾隆内府轩名；一谓姓胡（古、月）人所精绘的料器；一谓清宫轩名，历代瓷器精品均藏于此。

缅甸玉镯

如此稀世珍宝竟然于我有缘
腼腆地我将它套上我的手腕
当巍巍一座山前去就穆罕默德
我感佩地匍匐在玉石精灵之前

透明的玻璃胎孕育着日月的精华
结晶的水玉体蕴涵了山川的气息
诸般成长的颜彩——橄榄、草叶
苹果深深浅浅生命的色泽甚至
一些近乎黝黑的斑纹
不是瑕疵　是美人痣
参差的玉根引向何处
欲念繁杂的红尘或是
阿弥陀经的琉璃世界
贴近我肌肤紧靠我血脉的
是亦美亦真
无始无终的圆

南洋珠

一切已臻于境界的完美
当母贝敞开
扇形的门扉
你以波提且利"维纳斯诞生"
的姿态倏然出现

原系恒河边的一颗沙砾
潮起潮落日夜冲击
你已缓缓涤尽
粗糙和污渍

本是宇宙间的一介微尘
冬去春来岁月循环
我也慢慢学会至柔的
谦和与宁静

于是我们的相遇就成为
必然的因果律
同样的波长
相似的频率
你来自碧海涛涛
我来自红尘滚滚

饰　珠

一九八九年一月十二日于　AYALA MUSEUM　聆　BEADS
专家　PETER FRANCIS　演讲后写

珠圆、珠方、珠扁、珠长
珠菱形、珠多边、珠各式
各样……一颗颗
一粒粒、一串串比丝路
远，比绳结记事早
比青花瓷、陶俑
钟鼎还要古老
人类的双手、巧思、技艺
苦力磨、琢、切、炼成的
珠……珠珠……诸般颜彩
璀璨晶莹：玛瑙珠
珊瑚珠、青金石珠、碧琉璃珠
土耳其玉珠、水晶夜明珠

红、黄、蓝、紫玻璃的珠

用石、用木、用贝、用骨制成的

珠……珠……珠珠……成千

上万的珠、数也数不完的

珠，总是把

心

都挖给你的珠珠啊！

珠珠……是一颗颗

一粒粒等你来穿引

牵系和串联的

多情种子

在中国、在波斯、在印度

在南非洲和北美洲

在阿拉斯加和叙利亚

在尼泊尔……露珠

那样清新、眼珠

那样灵活、珍珠

那样静娴、泪珠那样娇媚的珠珠啊

珠珠……一颗颗、一粒粒

一串串……

挂在少女的颈子上

躲在小弟弟的口袋里

镶在帝后的冠冕上

握在外婆的手中……珠珠珠珠……

珠里有梦

珠里有美
珠里有爱
珠里有虔敬的
祈祷与祝福

纸　镇

如是乃
理想中真正的淑女
典范——举手
投足中规中矩，发饰光洁
齐整，鬓边亦无一丝紊乱
衣着保守，修短
合度，裙裾折叠有序。
心正
意正，眉梢眼角
毫无轻佻之处。对外界风吹
草动亦能处之泰然。寡言
沉默，恪守妇道。而其高雅的
仪表，端庄的
坐卧之姿，令人一望而知
系来自家学渊源的书香门第；内含
外蕴，一脉诗礼相传。如是乃我

寤寐以求之淑女
形象。纵令坚若磐石，稳若
泰山，亦难不为之
心荡神驰，而天下骚人
墨客思之
爱之者，更无以计数
千古风流
为伊
伏案癫狂

冰雕的塑像

且全神贯注于
刹那
当所有的雕像
皆向往着永恒

莫以赤心暖我
　　冰肌玉骨
莫以热泪沾我
　　雪肤花貌
只凝眸
较玉琢更璀璨
　比石雕犹光润
　　胜钢塑之冷峻的
美

再凝思于

零度下痴迷的爱情——
为谁　消瘦
为谁　溶化成

　　一
　　片
　　水

仙人掌

自你渴望阳光的面容猜测
你也同样渴望
温暖　而且热诚地将
掌　伸向
每一个方向

（何以无人前来一握呢?）

这世界
真是一片冷酷
无情的沙漠吗?

石　榴

——奈代奈尔，关于石榴呢？
纪德·地粮第四篇

甚至不能以情的

惘然　来做借口

味觉的追忆　也不能以一帧

泛黄的照片　来印证

成篇的文字　来描述

或是像音波镂刻的纹路

一次一次　来回

走向我们　就像"一声叹息"

的曲子　带我们重返

那个飞花的小城　抽象

但并不虚无　较沙漠的

蜃楼　真实多了　但我们能禀赋

骆驼反刍的功能吗　且

舌蕾亦已超越

季节的轮回　不仅限于

每年春日的绽放　因此奈代奈尔

三十年后　越过
赤道　由热带　亚热带我去到
遥远的北地　突然面临一枚
　　石榴
之际　竟然惊慌
呼叫　不知如何应对　握起一把
不锈钢刀　对着它便切了下去
令我咋舌的　不是鲜血
的色泽　而是蜂巢
的形态——我已全然忘却
那精巧独特的间隔——五角形的
建筑　并非皆系国防军备的
大本营　自然谐和的
结构　是不容任何武器碰触
亵渎的　我羞愧地
想要冲出户外　像一只蜜蜂
啊　奈代奈尔　我也不能粗鄙地
以高利贷的手法
剥削　自柑橘
一瓣瓣取出黄金
的月亮　或是优雅地
以回文诗的技巧
旋下　鸭梨的

孔融式谦让　同时我发现

　　石榴

竟是具有头戴

冠冕的形象　属于突破的

震撼的　爆裂的

火山般地　喷出一地红宝石

烟花般地　闪出满天空星斗

神话般地　蹦出许多红孩儿

奈代奈尔　你体会到

　　石榴

的滋味了吗　我要你与我

一同分享

波斯猫

我伸缩的瞳孔在黑暗中见到些什么
东方—古老国度的神秘以及你前世
再前世
许多世结下的宿缘

在光映七彩的白昼
我是九命回旋阴阳界的异端
三度空间的岁月闲适如丝绒椅垫
望过鱼缸的海洋　鸟笼的
天空　有人前来向我索取
第六感之外的预言

灵视的触知岂仅一双
狐媚的眼　隐喻般
你蛊惑于我谜样的姿态
说我是　雾

说我是　女人
说我是童话中诡谲的魔毡

披头的形象有梦的狂放
蓬松的容颜有云的飘逸
意兴来时
你会为我悉心装扮——
系一个小银铃响出叮叮的情韵
扎一个蝴蝶结飞出翩翩的爱念
孔雀王朝浮华的羽翼夺不去
我的专宠　当我雪印花瓣
悄静的步履踩入踩入
踩入你最最纤柔
最最深微的
　　　　　潜意识里

味

设若一城的眷恋始于一小小
饮食店　梦中牵肠
挂肚的竟是你
几样拿手的家常小菜
多情你应否笑我
异国寄居的岁月
难以更改的岂止是
啊！岂止是浓浓的乡音
且让乡音悄悄藏匿
在另一个不同的语言系统
万千舌蕾执著绽放的却仍是
昔日朵颐秀色的欢姿
在最接近初恋心跳的区域
多情我难以舍弃的：啊！
竟全是故都的甜酸苦辣
竟全是故人的百般滋味

红烧狮子头

依然辨识不出猎户星座
的位置，甚至当你
自榛莽丛林的南非归来，指着
悬于农庄客室的野鹿标本
得意地告诉我 SAFARI
惊险的狩猎经历

我之不喜狩猎，实与素食
主义无关，何况斋期已过
我又开始迷恋人间烟火
但我是坚决反战的，而且
生性慈祥温和
爱极了小动物
达尔文的进化论并未影响我的生活方式

至于十八般武艺——

丘比特的箭已使我负伤累累
发誓永远不再做操弓的射手了
而我的枪法，你是知道的
又总是不能也不愿伤及
任何无辜的生命
唯一可以夸耀的，该是我的
刀法了——伶俐
矫捷，在砧板上
一如你双手，在打字机上
赶毕业论文
在琴键上弹奏轻快的
肖邦协奏曲

……唉！我确实
说得太多了，应该先让你
尝尝我的烹调手艺，饭后
再听你继续讲述南非
狩猎的经历……

玉米事件

生理的　或　心态的
那如性饥渴的
吻——当我的牙
啃吃于　你的牙
当

　　褐黄的长发

　　被纠结扯乱

　　淡绿的纱衫

　　被层层剥下

羞涩的青春期
甫过　早熟的你
玉立风中　丰润甜美
（无心引诱或蓄意挑逗）
在秋阳暖暖
最最适于采摘的收获季

强暴的罪名于焉加诸

于我：

田园惊艳　一如　海滨拾贝

植根于土的

风流　抑或

渊源于水的

情潮　为的竟是

一系列　无可抗拒的

皓齿的迷恋

无 题

既非荒谬的神话
又非无稽的传说
在埃及　有狮身人面雄踞沙漠
在丹麦　有人鱼公主供人瞻仰
在非鱼非鸟的族类
水中出没
在虚无的海的那边
有似龙似凤的生物
乘风飞翔
在遥远的陆地的尽头

白昼的太阳属于你　在晚上
夜晚的月亮属于你　在白天
上一个卦吧
　一阴　一阳
合一个时吧

有乾　有坤
做一个人吧
　当男　当女
左手　举着太阳
右手　举着月亮
转出——
一个混沌未开的太极

香　水

被禁闭于水晶瓶中的
花的精灵，以非花
非雾的姿态，悠悠苏醒——
那些失落了的
遥远的，充满茉莉，玫瑰
紫罗兰的春日，即不动声色
不着边际地像鸟
飞来，像云
飘来
像水，流来
像玉人，风情万种地走来

且放浪于形骸
之上，且回归
于最初之一吻，一笑
一珠泪

一花瓣

青春褪去前最后的一抹残霞

幸福逸去后留下的一根白羽

梦醒后

啊！一如提炼后

的升华——

万紫

千红

了无……痕迹……

指　甲

那时我们已超越水仙
自恋的年龄，便决心
要把自己变得坚强起来
像中世纪的骑士那样
　　披上盔甲
　　涂上保护色
一副英武非凡的样子

从一个城堡
到另一个城堡，参与着
劫美的活动
在光滑如原野的脊背
在起伏如季节的容颜
留下
　　血的手迹
　　剑的吻痕

女巫指着水晶球喃喃地说：
要一束发、一滴血
一片指甲……用火焚烧
才能止息
那样　爱与恨

万念俱灰后，终于
退隐到山隈水涯的地带
过着拾取贝壳的日子
听江海澎湃
汹涌的浪涛来自心脏和大动脉
……

柳　眉

已然牢记你有关妇德

妇容的诸般叮咛：每晨不忘

对镜临摹

柳体书法纤细

秀丽的笔触，甚至

黑色的深浅亦遵循

淡泊宁静

如五柳先生的人生观

飘逸自然的

神态，当然是属于

悠然的

南山面貌了

点绛唇

而我真如一阕
小令，婉约缠绵
深印
于你脑际
永不褪色

红了
樱桃的往事
你一遍一遍回味
反复背诵
吟咏

纵然
红尘若梦
为你
我仍将再赋
新词

蓝眼膏

涂上蓝眼膏的时候
你不会见到我
哭泣……

我已懂得忧郁，比爵士乐的
蓝调更低沉的韵律
比毕加索蓝色时期更阴暗的画面，甚至
比蓝田
更凄迷的诗句。我已懂得由浓
而淡，由淡而浓的
蓝色天空的无语的悲哀
由深而浅，由浅
而深的蓝色的海洋的无尽的孤寂
我已懂得，真的，我已全然
懂得属于蓝色的
愤怒、感伤

与幻灭。可是你不会

见到我

哭泣……

当我涂上蓝眼膏的时候

纹　眉

闺房举案已成市场公案
牵连者　竟全是些烟视
狐媚的妇道人家
罪名可还真不轻哦
涉及倾国与倾城

疑犯的辨识
红颜之外　端赖两道
刺青的黑带
（柔道至高的段数
功夫的深浅　就在柳梢剑
月弯刀之间较量着）
至于有关秘密谨见至尊的那些情节
淡扫的一笔带过　也嫌多余了

听说入盟的仪式

非焚香　非歃血

而是纤巧如蜂吻的

花针　标榜的宗旨更是

为了美

为了自然

为了爱——两只画眉鸟

在明媚的湖畔

双飞成

永恒的浮雕

第三辑　脱衣舞

脱衣舞

大旱之眼仰望
霓裳，徐徐飘落……自天体
无云的晴空，该有一幅
皎洁的月——啊！那样浑圆的轮廓

而羽衣缓缓松解后的
天鹅湖，是一片明净原始的
赤裸——啊！那样的山、那样的水
　　　　那样柔和的线条

拳击赛

必然是疆土
　　红颜
　信仰
之外的抉择　　必然超越
复仇的意向
　　　　　　罪与罚
的批判与争辩　　必然
不属于蛙
不属于兔
解剖刀下为知识　奉献的
崇高借口
　　搏斗和浴血
　　浴血和搏斗
必然亦非稻穗
成熟豁达的
宿命论　欣然

接纳刽子手　起落有序
行刑的韵律
刎颈的忠贞
　　　在擂台

在擂台——一个不适宜
防守　不适宜
退避的地点　当
三号风球　撕裂
一上国衣冠
七级地震　凌迟
　　　　　　　一城池灯火
必然你
你必然正以
　　　台风眼的冷峻
　　　火山口的热情
见证：
　狂暴之必然
　　一如
温柔之必然

时装表演

观众感慨万千谈论着
历史的循环　朝代的兴衰
物极必反
静极思动
以及河西河东风水的流转
甚且相信
色泽与线条
款式与花纹
也属于昼与夜的
交替
春去秋来的自然变换

而在伸展台上走动着的
轻巧的模特儿　又那样
若有其事的作出
一个扭转乾坤的

一百八十度大旋转

且用她的裙角

飞扬起　被遗忘了的

五十年代的风云

于是他们愈加肯定：那件

被折叠　被压抑

被禁闭在樟木箱底的

金缕云裳　它的

古典主义的典范　保守派的

信仰　必将导致——

另一次

领袖争夺的暗潮

　　裙带关系的波荡

云

曾被诗人拟想成
贵妃衣裳的你
千百年后
依然风姿绰约
在穹苍空旷的
大舞台
作秀

时装的潮流
一波又一波
皆比不上你
日新月异的
创意

天体乃最佳模特儿
以自然轻盈的步履

在时光永恒的
音响和照明中
亮相

粘巴达传奇

肢体语言　是 拉丁系统的发音
身躯波动　即形成
一张中南美洲的地图

舞蹈王国原是诗的韵律
组成：
狐步的抑扬格调
恰恰、扭扭是狄金逊
　　　　钟爱的儿歌体
探戈踩出意大利商籁十四行

自由体的阿哥哥是亲昵的称呼
熄灯后一切禁忌全然打破
乐队解散了
群众的情绪便随着一张
　　　CD 唱片旋转

总指挥的魔棒
竟是一道纤细的雷射光

一切始于邻座
燃点的一支古巴雪茄
烟雾迷蒙里的节奏
来自古老的玛雅和印加
粘巴达　粘巴达
我们已进入幽浮出没的
秘鲁山区　舞池的波涛
又将我们冲到加勒比海
阿特拉斯的龙宫

重返红尘是里约热内卢的
嘉年华会　贴近我耳际
你向我透露了一个秘密：
"我是金牛宫　来到地球
寻觅爱情
和欢乐的外星人"

与君共舞

我已逐渐进入你掌心
随着你纯熟导引的指令
飞燕般掠过天际
又侧身低翔
点水憩息于
秋月汉宫
春花再绽　即沿着你
生命纹　激荡的涟漪
一圈……一圈……
在不同时空的旋律里
以不同的姿态　寻觅
转捩点

当光与影
自高处悬垂的狄斯哥
水晶球　洒遍整个舞池

预言　是花瓣

　　　　是颗颗晶莹的果实

我以童话玻璃鞋轻盈

曼妙的步履　穿越你繁复

感情线

交织的迷宫

在打过滑石粉的地板上

飘扬起　七彩裙裾

幸运之帆

田径七弦

一、跳高

标杆上刻着层层超越的梦
腾跃的心情便较小鹿严谨多了
刹那半空的停留纵非翅的翱翔
慢镜头分解动作里你屏住呼吸
　　　　　一步跨过
　　　　　好高好高的
一座山

二、跳远

无舟楫

无桥

无路

自一条地平线　到　另一条地平线

自一个经纬度　到　另一个经纬度

自一季回归弦　到　另一季回归弦

那距离——

　　　　在鳍之外

　　　在蹄之外

　　在翼之外

　　　　　　我纵身

一跃　便抵达

彼

岸

三、撑竿跳

　　　　　　也便是

　　　　　那样轻巧的

　　　　一苇罢了，便能触及

星的芒翅

重降——红尘时

　　　　我是沙堆里闪亮

　　　　闪亮的一粒

　　　　　　金

四、赛跑

我是闪电的
光、我是迅雷的
声。在你掩耳之际
已完成一首
风雨交响曲——
　　自起线的初弦
　　至终线的末弦

五、铁饼

有人仿效鸟、兽、鱼、虫的
动态美
有人勤练风、云、雷、电的
英姿　竞技场上
我乃一浓缩星球
全蚀的侧面　叛逆
临空　远离你密密掌心
运命交织的纹路
飘逸　如童年掷出的飞盘
沉潜　如即将旋入的幽浮

六、铅球

原是狮子座口中含着的
一粒珠　沉重的心事
熔汇成　铁灰的面色
落入三界后　是一枚威力难测的
弹丸　我虔敬沉稳地拾起　向
遥远的天河　奋
　　　　　力
　　掷
去
啊！奥林匹克的火炬
已将它点燃

七、标枪

不是狩猎的季节
不是杀戮的战场
生命投掷的方向
舒展成一条情的直径
灵魂瞄射的鹄的
凝聚为一点爱的圆心

但我确实用它刺穿过

一只野鹿的肺腑

很久很久以前　你在洞穴边

候我回家　我们尚不懂什么叫

火　除了心中感受的一团燃烧

冰上的旋律

——欣悉孙女李莎芮荣获菲律宾二○○四年
花式溜冰赛冠军

寒带景色
对你是陌生的
赤道边缘
没有冰雪

人工缔造的溜冰场
却让你体验了
晶莹璀璨的
冬之喜悦

鱼的泳姿
鸟的飞翔
液体、固体、气体诸多
变幻方程式的

必然与偶然

冰上舞俑一如
水上行走是——
一种神奇
一个童话
一首诗

观"优人神鼓"演出

鼓声来自洪荒
隔着山峦
部落与部落传递
原始的讯息

鼓声来自季节
冲破云层
第一声春雷唤醒
冬眠的蛰伏

鼓声来自子宫
胎儿的心跳
再一次生命的
转世与轮回

啊！不

那不是鼓声
是雪花静静飘落
是禅
是力与美的展现
在光与影的幻象中
当幕帷升起

早 春

——读刘国松画

自非山非水的混沌大气见
山是山　见水是水
自似有若无的几抹
绿　寻及
季节循环的秩序
且自预设标示的主题
感知命定的图腾——
即不再执著于表象的逼真
写实——形态、音声
或色泽……同时也领悟到
终极存在的是流动而非河流
　　　　　是庄严而非山峦
便将一切名词自光影、线条中

悄悄匿去——林木、花草

飞鸟、动物、游鱼

屋宇、桥梁抑或正在

幽壑观瀑的数位高士连同

远处古刹隐隐传来的钟声……

超级市场

一个屋顶之下就能容纳了——
你的需求和欲望。由生到死
像广告商宣传的那样

只要你不是超人，不坚持
超越物外的理论，不迷恋
超脱形上的梦想
只要你像主妇们那样
把博士文凭束之高阁，满头发鬈
一双凉鞋，超然地走进
超级市场

对着沙丁鱼罐头的标价想起潮水的上涨
曾淹没了多少城池，冲断了多少桥梁
在番茄酱的瓶盖上回忆
故乡菜园的芬芳

城隍庙前赶集的热闹，有一件
坐着牛车，颠簸了五里路
去买一件花衣裳

冰冻柜前站着一个小男孩
他正面对三十二种不同滋味的冰淇淋
做着人生最艰难的抉择
出口的收银机旁，一位白发皤皤的老者
正聚精会神地查看
他的需求和欲望
应该付出的总账

市场公案

一切皆以不起诉处分
那些血腥
　　　　与
　　　暴戾——割切杂陈的动物
尸体　分门
别类的脏腑以及生吞
活剥的鱼虾　在末日
末日的最后审判

甚至悲悯
也成为一种不合时宜的
矫情　妇人
之仁的污蔑
已被澄清——菜篮里
一包包皆是被肢解的
残酷的见证

满腹经纶的
知识分子
最畅销的书籍是食谱
最热门的课题是食经

无关乎灵魂的
超越
茹素　只是个人
品味的抉择
一把人间烟火焚毁
所有的档案
包括忏悔
　　　恐惧
　　　　与无奈

交通拥塞

堵塞的车队形成一条喘息的世纪末
恐
龙
龟甲壳中
沉默的大多数知悉
爬
虫
类
进展的速度原是
缓慢且悠长的
沿着车轮齿痕
测定
庞大骨骼
成长的频率
沥青的墨迹
显示出整个躯体

蠕动的心电图

当红灯绿灯黄灯同时

亮起　十字路口

一位交通警察

正随着此起

彼落的喇叭声

操练不疾不徐的

太极拳

都市哨子风

一幢一幢入云的大厦
　　　是
一支一支巨型的竖笛

一排一排敞开的窗户
　　　是
一个一个吹奏的管孔

当希声的
大音　被文明的更漏压缩
你便听见
风　临城下的秘密

一如千年巨兽落入现代巢穴的陷阱
又奋力挣脱逃逸
一如自我灵魂突破瓶颈时的

狂号

那是
比白驹过隙尤晦涩的隐喻
较恒河沙漏更繁复的意象

飞　檐

来自北海的
大鹏鸟，栖息
于屋顶
（次日，一位精忠报国的
大将军便诞生了。）
啊！如果你抬头
仰望，你便会听见
那样神奇的预言，祥瑞的
征兆，也是一种讯息。来自
遥远的东方，东方的
古典，
你便会看见南朝，烟雨中的
四百八十寺，风月里的
长安，冠盖
京华满，你便飘然进入
月洞门——

　　　　　玉砌、雕栏

　　　　　　红柱、回廊

　　　　　　　　　庭院深深。啊！

那边

　　　是西厢——云屏、珠帘

　　　哪一位丽人的

　　　绣房？一对儿

　　　黄蝴蝶翩翩

　　　飞过粉墙，你的视线又随着由下

　　　而上，仰望：

　　　望翅翼待飞前的昂首

　　　云天，金榜题名后的

　　　峥嵘年少。望

　　　东方，日出前的

　　　霞光璀璨

　　　——七彩的梦落在屋脊上。

怀女儿

女儿韵，金秋赴美国宾州大学 Annenberg 资讯学院修博士学位，千里迢迢，令人悬念，因写此诗。

常春藤联盟学府的
古典意识　当不会取消
母亲思念女儿的泪水
是一种不合潮流的
感伤情怀（而我
又是那么喜欢强调
科技的进展　超
音速飞行：岷市
　　　　　费城
时间其实
不过一昼夜
拿起电话，声音
就在咫尺）

咫尺是天涯

一昼夜　有多远？

是洲　际？

是越　洋

　　　　　我轻易飘来

　　　　　　常常渡过

在梦中　自台风日

送你赴机场

有时会忘了　以为

你仍在马尼拉

要到隔壁的房间去

跟你说话　猛然想起

才醒悟　你在遥远的

宾夕凡尼亚……

ANNENBERG 是最前卫的

资讯学校

但周遭古老的

常春藤定然知悉

母亲对女儿

攀缠的牵挂……

细　姨

飞燕衔泥筑巢
侧室的兴建与整幢屋宇便形成了
及其暧昧的对比
建筑师一眼即看出不协调的构架
堪舆家却说：啊！那是
与风水有关的——
每当缠绵的春雨斜斜下着
园中的花草也斜斜地扭着腰
　（总是有着那么些不正经的调调儿）
傍晚时分，一颗小小的
黄昏星，自屋后
偷偷升起，一闪一闪
挑逗地眨着媚眼

电 梯

水银柱般
上上　下下
　　　上　　下
　　　　　　下
上
高楼的体温
比女人的
心
更难伺候

　　　　七楼
　　　　　三楼
　　　　　　　二楼
九楼
充满阶级斗争的动荡
和不安

摄氏 100°C

　　　　　华氏 32°F

沸点　　　　冰点

　　或是温开水

毫无表情

出出　进进

　　去去

　　　　来来的许多

数不清的

脸

水银柱般

升　　降

　　起　落

高楼的血压

比天气的

善变

更难预测

单　纯

新雨后　仰望

穹苍虹桥　你终于了悟

那最最单纯的色泽

白

竟然是　啊

竟然是

五光·十色·八方·四海·六合·三界·九霄·七彩

的混杂

双人舞

小数点……在踮起的
足尖　以每分八十
　　　（打字的速度）
　　　　轻轻挪动
繁复如交响乐的
方程式　她
　　　　和
　　　　他
　　　　一同演
算着

　　　　绕道
　　回归线　踩
　　　　　过
　　　　　地
　　　　　平
　　　　　线

超越子午线　飞
　　　　　　出
　　　　　一
　　　　条
　　　虹
　　　　的
　　　　　抛
　　　　　　物
　　　　　　　线
　　　　　　　他

在另一端
不偏不倚
不疾不徐
准时接住
　　　　她
诸般几何图形的
面的分解
　　与综合：金字塔的△形
　　　　会议桌的▭形
　　　　　大宅院的□形
教堂塔尖的十字形
星球的〇形：组合成一张
提名 PAS DE DEUX 谐和
优雅数理姿态的
CUBISM 立

　　　　　体

　　　　　画

各式角度的乘　除

加　减：30°滑斜

　　45°侧身

　　　　　180°腾跃

360°旋转

　　　　90°深深鞠躬谢幕

等号两端

　　绝

　　然

　　精

　　确

　　的

等量齐观

核子爆炸的

掌声　震撼万千心灵

地心吸力的学说被推翻

$E = MC^2$ 的公式被印证

一枚红苹果自牛顿的头顶

飞向枝头

一对白天鹅由爱因斯坦的乱发

淡出……淡入……

　　　淡入……淡出……

迪斯可

把所有的
　　音响
　　　　光线
　　　　　形态
　　　　　　　装在一只万花筒里
　　　　　摇之
　　　　　滚之
　　　　转之
一直到你
　　听而不闻
　　视而不见
　　感而不觉
　　　　　　　于是你聚精会神地
　　　欣赏音乐
　　分辨色彩
　　认识你我

144

转台子女郎

从这一桌转到
另一桌。从这一个陌生转到
另一个陌生。从这一个寂寞转到
另一个寂寞
她是一个转台子的女郎
在风尘中
她转着
台子

灯光也转着
由惨红
　　而怪绿
　　　　而漆黑

音乐也转着
由嘈杂

而疯狂
　　　　　而凄厉喑哑

酒杯也转着
由优雅
　　　而晕眩
　　　　　而碎尸万段

酒杯边缘的红唇也转着
由娇嫩
　　　而黯淡
　　　　　而血盆大口

酒杯内的泪水也转着
由啜泣
　　　而呜咽
　　　　　而号啕痛哭

只有你不转
不转的只有你
因为
你只能坐在那儿
被转

第四辑　大峡谷

石林静坐

——云南旅游纪诗

石林静坐岂能与
达摩面壁相提并论
甚至朝香客的心情
也在嘈杂的游人行列中
减少了一份肃穆

而这原是女娲补天
剩下的一堆炼石
随手抛在云贵高原
失落的地平线上
形成一组铿锵的交响乐

挥舞指挥棒的
竟是一位
叱咤风云的龙将军

入口岩壁

有他刀刻剑镂的字迹

厦大印象

“囊萤”与“映雪”
读书人的执著
原非始于一九二一
五幢校舍的兴建

八十年后的厦大
已是大厦林立
林立的还有校园数不清的榕树
樟树、桦树、棕榈、椰子
玉兰、三角梅、相思及合欢
树人如树木当然也包括
满天下的春风桃李……

上弦场全国大学足球赛甫结束
克立楼东南亚华文文学研讨会又揭幕

戴尔公司总裁二月曾在
最老的"建南大礼堂"演讲网路文明
专家学者七月将于
最新的"亦玄楼"研讨微纳科技

芙蓉湖畔欣遇一位外语系女生
听她谈学业、生活和理想：
闲暇时最喜欢爬山
五老峰就环绕在校舍旁边
向长者学习坚毅、智慧与豪迈
也常往阳光海岸金沙滩走走
看辽阔无际的汪洋
想许多我将会去到的地方

致冰心

——参观福州"冰心文学馆"后写

曾是你"寄小读者"的收信人
毛边泛黄的线装书
展阅你深深的母爱
与浓浓的乡愁
优美的文字
如"繁星"点点
闪耀在我黯淡的童年
像"春水"潺潺
流动在我稚嫩的心田

你的名字
设若是玉壶的水
醍醐灌顶，启迪了万千灵魂
如果是雪山之源
河流大川，灌溉了无数沃原

容许我以粗陋的十八行
作为一封迟迟的复函
致上我的谢意
仰慕及思念

宋　桂

——武夷山纪诗

如此便增添了一份历史感
将巍巍一个朝代的帝号加诸于你
其实是有幸和一代大师生长在同一纪元
年轮的运转即不那么被重视了

在你依然青翠挺直的树身前
我欣然地与你合影留念
想你如何安详地朝夕接受庭训
在充满文化与睿智的朱熹纪念馆

游兰亭

——致"书圣"羲之先生

曾经一笔一画临摹
也曾逐字逐句诵读
而今来到会稽山阴
"兰亭"漫游——
一山一水　一梁一柱
一碑一石　一草一木

"鹅池"白鹅悠游着
您书法的飘逸
"墨池"黑水映现出
您行草的研美

"太""鹅"双碑显示
父子笔底独特的风格
"御碑"一尊勒刻

祖孙心性相向的品味

"曲水流觞"处遥想
四十二群贤列次而坐
千古风流　令人欣羡
诗我能成　酒亦可酣
然永和雅事　情随境迁
何时再现？

汕头诗记

南海岸线是慈母的
手中线　迤逦　蜿蜒
围护着港埠的外缘
北回归线是爱神的
箭　不偏不倚
穿越城市的心坎
难怪远渡
重洋的儿孙总是想回来
　　　　要回来
　　　　会回来

回来　开一条宽阔马路
回来　造一座钢铁大桥
回来　办一所最高学府
回来　建一家普济医院
回来　吃道地的潮州米粉

尝家乡的潮州粽子
用杵臼捣出扎实且
香脆的牛肉丸当然
还有蛇肉羹
（鳄鱼汤是喝不到了，昌黎先生的
一纸祭文已将它们逐出境外。）
满山遍地的羊蹄角
踢不开的乡愁啊
大街小巷的扶桑花
也拂不去的眷恋

游客们前来寻觅古迹名胜——
带你　去南澳冲浪
带你　去澄海看鼎食古宅
带你　去朝拜释道寺院
在新区往旧城的
游览车上有人指着
窗外说：就在那里
湖广总督林则徐下令
把上吨的鸦片
倾倒在海里

啊！漓江

——桂林纪诗

啊！漓江
你是我静脉中第几条青河
动脉里第几湾支流
同样是水做的
我们上一次的汇合
是那一世
那一生的轮回

忘川的洗涤
使我再一次获得
与你初晤的惊喜
一见倾心的撼动
之余，又恍然记起
某些似曾相识
灵魂深处的记忆：

亦曾一根竹篙划过
一苇渡江的轻盈
亦曾一竿在握垂钓
姜太公的洒脱
亦曾在你层峦叠翠
永证妩媚
亦曾在你绿波青流
明心见性

啊！漓江
我是你潺潺流动中
那一瓢弱水
我是你悠悠浩荡里
那一掬柔波
同样是水做的
我们的汇合并非局限
于那一世
那一生的轮回

钟乳石

——芦笛岩游感桂林纪诗

其实，我们的年岁是相仿佛的
学习，体验
成长的过程　也颇为类似
不同的　也许只是
性格罢了——你内向
　　　　　　　我外向
你喜静
我好动
然而　内与外
　　　又有什么区别呢
外在有的　内在一定也有
静与动
又有什么迥异呢
"凤尾竹动　还是　心动"①

我见到的应该比你

多得多了——像闪亮的

星空、飘浮的

云朵

像红花、绿叶还有走兽

飞鸟……"在这个世上

凡见得到的都是虚幻

　见不到的才是真实"②

那么，如果我见到的

都是假象

你没有见到的（或者我以为

你没有见到的）就都是

真实的了吧

其实，我们很早

很早就认识了——各式

各样的我和你

不同时间——过去、现在

和将来的

我和你

"时间其实根本就不存在"③

那么，你

　　　　和

　　　　我

这一次的相逢应该就是

就是所谓的——

永恒了吧。对不对

注：①佛家禅语

②③爱因斯坦论

内在之旅

——游云南阿庐古洞、九乡溶洞

必需回到造型

与姿态之前：钟乳石的水滴

一滴……一滴……

滴了千年万年亿万年

幽魂似的等待再等待

又等待才塑就

一个长宽高

三度肉身的躯体

必需回到

上帝说："要光，便有光。"

之前　在黑暗中摸索

探寻　一步一步穿越

食道　推开心扉
依着胃壁　经过曲折
蜿蜒的肠径
大动脉的激流
一步……一步踩着
达尔文生物进化的脚印
前进

时间不是绝对的主题
空间亦非必然的存在
我的钥匙链上系着强力迷你的
手电筒，罗盘针还有
一大串锁匙———一把
用来开启神秘的
生之锁　然而
大熊星座在那里连同
黄道十二宫的走兽飞禽和虫鱼
牛郎织女在何方以及
红尘人间世的神话传说和故事
没有季节的风声　唯一的讯息
来自自己——
自己空泛而寂寥的回音
冰凉的水自地壳
醍醐般渗入
头壳……倏忽

一道白色的光迎面而来

蓝天　白云　绿树　红花

像裂卵的雏

　　破茧的蛹

　我朝洞口狂奔

　　而出

岷江恭迎一如法师①

由响亮的"青藏高原"
到沉潜的"一声佛号"
其中的转折、起伏
回旋
超越
又岂是花腔
女高音美声学运作
与造艺所能阐释

以玄德三顾茅庐的至诚
玉棉居士万里飞渡
太平洋叩请
一如法师大驾莅菲
为华严法会助唱
为娑婆众生祈福

犹在俗世迷悟之间的我
冒昧地以粉丝的兴奋向
师父呈示
一张歌星李娜的 CD
师父赐我一朵宁静
祥和的"微笑庄严"

庄严的微笑里我似乎瞥见
色空不异的慧观
领悟到——
正知正觉得般若

注：①一如法师献身佛门前系大陆名歌星李娜。一曲《青藏高原》，享誉海内外。

观企鹅秀

——游澳诗抄

绅士的酷
是穿着燕尾服
在海滩
昂首踱步

香槟酒
是喝不完的
跳跃的泡沫
如飞溅的浪花

华丽的吊灯乃一盏
东方式大红灯笼的夕照
将半边天
映得金碧辉煌

讲究礼仪的上流社会
不能像前拥后济的游客族
齐整的队伍
比美阅兵操

初抵爱荷华①

就这样　你清新脱俗地进入
我的诗中　爱荷华
一九九一年　劳动节第三天
以一座大学城的活泼朝气
以一条河流的柔情蜜意
以宽广无际的玉米田
以浓郁繁茂的　绿

调色盘中备妥的皆是
秋的颜彩——胭脂、石榴
玛瑙、珊瑚、朝暾、晚霞
你必须再等待
十数个晨昏
大自然的画笔即渲染出
一幅幅沉醉艳丽的　红

足球赛正激起整个城市的狂热

——鹰隼之眼瞄向夏威夷彩虹

艺术馆有莫扎特

两百周年纪念的演讲与演奏

在草原之灯书店

来自多明尼加的 JULIA ALVAREZ 朗诵

贾西亚女孩如何失去她们的乡音

但我没有这样的忧虑

每当读到 IOWA 四个英文字母

内心浮现的总是——一朵花的名字

一个圣洁清纯的

莲香世界

一片纯东方的禅意

注：①爱荷华城（IOWA CITY）位于爱荷华河畔。九月秋初，犹存绿意，中旬之后，即现"枫叶荻花秋瑟瑟"的景色，城中爱荷华大学美式足球（橄榄球）劲旅别号"鹰眼"，一九九一球赛揭幕，首仗与别号"彩虹"的夏威夷大学对垒，以三八比十分大胜。草原之光书店热心文运，辟室供作家群经常朗读作品。

新奥良纪诗

卖身契早经撕毁
联邦政府档案里
储存着的是一纸
神秘奥良女郎的
肖像　有人说：

其实是法国摄政王的
后裔　至少
异教徒的罪名已涤清
封圣的颁布令则是二十世纪
二十年代的事了　那时
黑奴贩卖市场亦经关闭
另一种性质的越洋交易更扑朔
迷离　藏娇三年的韵事
不只涉及奥良女郎
被风流拿破仑
抛售的后宫三千也包括了整个

路易西安娜的南方佳丽

游客们捧着旅行指南寻觅
历史传言的考证：
皇家马路古董店一对
路易十四的银雕烛台
有不容置疑的蛛丝
杰克逊广场一尊
英雄的铜塑坐骑
却并非当年真实的马迹
时间的正确性是不容忽视的

蓝调爵士演奏出
现代的忧郁
白色木兰花细诉着
身世的沧桑
但奥良女郎却愈来愈成熟
风情万种
且充满典雅的文化气质

后记：一九九一年九月应邀参加美国爱荷华大学国际写作班。其间曾抽暇赴南部路易西安娜州新奥良市，拜见我在中学时代的高一萍老师。路州充满历史传说及种族特色，曾受到西班牙及法国多年统辖。一八〇一年拿破仑再度自西人手中夺回路州所有权，但直到一八〇三年，路州被出售，归入美国版图的前二十天，当地人对此项易主之事，竟全无知晓。

冰柱流苏

——新英伦纪诗

参差的冰柱自屋檐垂下
形成一排大自然晶莹的流苏
较丝织的窗帷更为光润呢
那琉璃的闪耀又有蕾丝的花哨

水帘的仙境原系清泉的飘逸
但动感已被冬之艺术家停格
非钟乳石般时间之凝驻
而是软雕塑空间的冻结

大峡谷

隐藏于冰山下的潜意识展现于陆地
当视野驰骋　能否唤醒你遥远
遥远的记忆　如此开放式的
裸裎　将梦的虚幻与神秘
坦然地显示于你眼前：
以一列支离纵横的豪迈
以一影冷峻傲然的侠骨

无需等待解冻纪元的降临
无需忍受黑暗期限的禁闭
即可进入繁华缤纷的内心世界
一如水底波动　山的起伏形成
更为绵亘奇趣的迷宫

纵然那是早于耕植的年代　阡陌与田垄
已在星座间暗暗策划　你能否寻到

那第一颗种子　大地
移转　动脉与静脉
已流淌成河川的姿态
舒伸四肢　松弛筋络
你自灵魂的倦怠中缓缓苏醒

沿着仙人掌的纹路攀缘跋涉
芒刺的指标画出血的地图
自沙砾粗糙的肌理抚触光滑的凝脂
自尘土冷漠的元素摩挲焚烧的热情
且于羊齿植物凹凸的牙床
任欲的奔放　氤氲成
原始的鸿蒙　在阴阳交界的微光区

自断岩　层层堆叠如山的档案
抽取一份尘封已久的资料
风化的史迹或能为你吹来一些
早经遗忘却又熟悉的回忆
自残壁　浮现又迅即消隐的无数
侧影与肖像——命运巨斧劈砍
雕琢的众生相：
一些独立的风姿　你依然记得
一些巍峨的典型　你曾经仰慕
一些鲜明的性格　你仍旧叫得出名字
在时间之外

自嶙峋的崿壁

崎岖的山阿　　向内　　向下

　　　　　　深入更深入　　蜿蜒

再蜿蜒　　向千哷深渊　　万丈底端

　　那散发着金属矿苗的阳刚

　　又蕴涵着大地母性的阴柔

向子宫：那安适温暖孕育生命的土壤

你的抉择　　并非偶然的失足

　　　　　　而是决然的投身

火的熔岩　　石的狂流已然冷却凝固

在相引相吸的磁场

在互排互斥的两极

因子与因子即不再

为巨山崩溃的盟誓慌乱

当正负数　　被指定为取舍的先决条件

　　同异性　　被规划成纳拒的后设标准

真正悲剧的颜彩竟源于一原生细胞

瑰丽的染色体——虹霓的方程式搭筑于

山谷与山谷之间　　留待你

探索那出口

演绎那答案

当神话的序幕冉冉升起

你即全然清醒进入睡眠

在季节的颜面映现之前　先见到那微笑

在岁月的形体诞生之前　先听闻那语言

设若连锁的环结再次失落

乱石　巉岩

危崖交错

你依然能找到一枚臼齿

　　　　一条脊椎

　　　一颗头颅

在来中望所去，在去中觅所来

——菲律宾女诗人谢馨及其诗作

钱　虹

> 隐藏于冰山下的潜意识展现于陆地
> 当视野驰骋　能否唤醒你遥远
> 遥远的记忆　如此开放式的
> 裸裎　将梦的虚幻与神秘
> 坦然地显示于你眼前：
> 以一列支离纵横的豪迈
> 以一影冷峻傲然的侠骨
>
> ——谢馨《大峡谷》

　　读着如此苍迈冷峭而又雄健奇丽的诗句，如果不注明其作者性别的话，你或许不会想到，它竟出自一位菲律宾华裔女诗人之手。这位女诗人名叫谢馨，生于上海，长于台湾，如今定居于千岛之国的菲律宾。2001 年 5 月，由菲律宾华文作家协会和福建省台港澳暨海外华文文学研究会主办的"首届菲华文学研讨会"期间，我与这位近年来在菲律宾华文文坛以及海外华文文学界声名鹊起的菲华女诗人相识相聚于榕树的故乡——福州。

从《波斯猫》到《石林静坐》

见识谢馨，只觉三"奇"。一奇，是她的"根"。她告诉我：她的老家是在上海浦东，属于"滴滴呱呱正宗我侬上海本地人"（上海是一个典型的移民城市，浦东一带属于老上海的"本帮"）。先前我只知道她生于上海，却万万没想到如今菲律宾华文诗坛上竟活跃着一位"我侬上海浦东人"。二奇，是她的声。谢馨长得颀长纤细，典型的江南女子那种柔情似水般的瘦弱，很自然令人联想起《红楼梦》中那位才情一流而又体格孱弱的林黛玉。然而，她却有一副响亮而富有音乐质感的好嗓子。研讨会期间，谢馨担任一场专题研讨会的主持人，她一开口，那字正腔圆、抑扬顿挫的标准普通话，一下子便征服了全场听众。后来她告诉我，多年前她曾经在广播公司做过播音员，难怪她的发音显得如此训练有素，磁性十足。三奇，自然是她的诗了。

比起豆蔻年华即扬名诗坛的早熟才女来，谢馨并非早慧的宁馨儿，她甚至颇有些大器晚成的况味。她1982年才开始尝试写诗，但这位缪斯女神赐予她以灵感与才情的"后起之秀"，起步不久就成为令诗歌王国瞩目的天之骄女：她的诗作四度入选台湾年度诗选；又以其诗之英译三度获选菲律宾每月最佳诗作。

1991年9月，她应邀赴美国参加爱荷华大学国际作家写作班。同年，她一口气出版了两部诗集：《波斯猫》与《说给花听》。2000年又出版了第三部诗集《石林静坐》。在诗歌极不景气的今日，如此佳绩，令人不能不对她刮目相看。正如台湾著名诗人罗门所论："谢馨是一位生活体验深广，具有才情以及美的意念，理念玄想深思与激情的诗人；同时由于创作题材的层面广，观察力的敏锐，思考力的强度，想象力的丰富与多变性；加上她能以开放与热情的心胸，面对世界，包容一切，使古、今、中、外、大自然与都市的时空领域，以及男女情感阴、柔、阳、刚之两极化，打破界限，融入她自由创作的心境，形成她随心所欲、随兴而发、随意而为、无所不能的诗风。在诗中，她既能流露柔情蜜意，又能展露豪情逸意；既能发挥强烈的感性，又能表现冷静的知性与心智，熔合'古典'与'浪漫'精神于一炉，使诗情诗思能向外向内发射出繁复与多姿多彩的光能。"①出自诗坛资深内行的罗门先生的这番话，对谢馨其人其诗的评价真是既鞭辟入里而又恰如其分。

"想中国"与"东方旖旎的经纬"

作为海外华文文学的基本题材和重要主题之一，乡愁、乡恋、乡思、乡情的描摹与抒发，似乎已成为海外华文作家无法回避、挥之不去的一种情结，甚至可以说，成了萦绕不绝、绵绵不尽的一种传统。作为具有华夏之根的炎黄子孙，谢馨自然

①罗门：《以情、爱、感、知、录、悟制作生命场景的女诗人谢馨》，《说给花听》，台北：殿堂出版社，1990年7月初版。

也无法撇开这一传统，挣脱这一情结，例如在《王彬街》中，
她把"想中国"的内心情感抒发得淋漓尽致：

王彬街在中国城
我每次想起中国
就去王彬街

去王彬街买一帖祖传
标本兼治的中药
医治我根深蒂固的怀乡病
去王彬街购一盒广告
清心降火的柠檬露
消除我国仇家恨的愤怒

去王彬街吃一顿中国菜
一双筷子比一支笔杆儿
更能挑起悠久的历史
去王彬街喝一盅乌龙茶
一杯清茶较几滴蓝墨水
更能冲出长远的文化

去王彬街读杂乱的中国字招牌
去王彬街看陌生的中国人脸孔
去王彬街听靡靡的中国流行歌
去王彬街踏肮脏的中国式街道

我每次想中国
就去王彬街
王彬街在中国城

中国城不在中国
中国城不是中国

　　这首诗中，作者选取了"中药/怀乡病"，"柠檬露/消愤解愁"，"筷子/悠久历史"，"乌龙茶/长远文化"等具有最显著中国意蕴的一系列意象组合，将唐人街上司空见惯的中国特产与海外华人"根深蒂固"的乡愁情结扭结在一起，赋予普通的物象以深刻的中华情愫与文化内涵，乡愁乡思中更显示出构思的不凡和主题的深邃。当然，像《王彬街》这样热辣辣地直接倾诉难以排遣的思国怀乡之情的诗作并不多见，一首《华侨义山》，让我们听到了清明时节谢馨对于埋骨异乡的华侨墓园的深情吟咏：

在海外　再没有比这块土地更能接近中国
在异域　再没有比这座墓园更能象征天堂
在这里　华裔子孙得以保留他们血缘的根
在今日　炎黄世胄得以维系他们亲族的情

这是一座城
一座比诸葛亮的空城

更空的城

这是一座山

一座比喜马拉雅山

还冷的山

城里住着常年流落异地的游魄

山上住着终老不得归乡的幽灵

他们曾经过着白手起家　胼手胝足的日子

他们曾经尝遍漂洋过海　历尽风浪的辛酸

他们曾经忍受千辛万苦　创业维艰的磨难

现在总算有了一座

自己的城

如今终于造就一座

自己的山

　　此诗中没有《王彬街》那样充满活蹦鲜跳的具体物象，只有诗人面对"华侨义山"的绵绵联想与喃喃感叹。而正是有了这"哀思绵绵"的凭吊，才能跨越生与死、人与"城"之间的时空界限，使那些"终老不得归乡的幽灵"在异国他乡的"义山"中得到安宁与慰藉。或许正是由于谢馨的"大器晚成"，恰恰为她的诗作提供了丰富的人生阅历与殷实的生活底蕴以及成熟的诗文积累，因而显得与那些青春得意的少年诗人狂放不羁而又不免浅薄单调地鄙视传统截然不同。她的诗，常常对传统题材推陈出新而显示出超凡脱俗的想象力与阴柔雅致的古典美，例如那首令人啧啧称道的《丝绵被》：

当然我无意
重复抽丝
剥茧的过程：由蛹
至蝶，远溯至
老庄的梦境

我只延着丝路，寻觅
温柔乡
的位置：彩绣的
地图，在被面
勾勒出东方
旖旎的经纬。织锦的
罗盘，由纤细的花针
指向古典
琴瑟的一丝一弦

点燃一支红烛。低吟
　一首蓝田
种玉的晦涩诗篇
啊！温柔乡
云深，雾重
虚无缥缈如芙蓉帐
闭上眼，依稀听见
春水暖暖
自枕畔流过……

由一床中国家庭常用的丝棉被，而引申出与丝相关的一系列极富古典韵味的瑰丽意象组合：抽丝剥茧、金蛹化蝶、丝路花雨、手绣彩图、东方经纬、琴瑟丝弦再联结起红烛摇影、蓝田美玉、芙蓉帐暖、春水流枕，其中镶嵌着"庄周化蝶""蓝田日暖玉生烟"（李商隐诗）、"芙蓉帐暖度春宵"（白居易诗）三个典故；全诗不着一个"情"字，却由丝的柔软质感衍化成对柔情缱绻、两情相悦的美好姻缘的表露与赞叹，情感流露与表达方式都是由古典式含蓄蕴藉、温婉内敛的，而非直抒胸臆、浅显直露，完美地体现了"温柔敦厚"的诗教原则，给人以一种浓郁的典雅婉约的审美享受。在《柳眉》《点绛唇》《古瓷》等诗作中，也不难看出作者类似"丝绵被"式化腐朽为神奇的顺"理"（纹理）成"章"（华章）的精巧构思与古典雅韵。

"现代的忧郁"与"哈露，哈露（HALO HALO）"

"熔合'古典'与'浪漫'精神于一炉"（罗门语），谢馨这种倾心于古典诗文传统、注重于含蓄典雅而又不失浪漫绮丽的诗歌意象，织成了其诗中十分突出的"东方旖旎"的文化经纬。古典传统，表现在谢馨笔下，实际上包含着两个侧面：一是文化象征；二是历史见证。像《王彬街》《丝绵被》《柳眉》等诗中出现的中药、柠檬露、筷子、乌龙茶以及丝棉被、柳（公权）体等这些与"中国"相关的物象，在某种意义上，只是一种中国特有的文化象征，其中当然也有历史，但还不是历史兴亡的见证。在《华侨义山》中，作者开始从"叶落归根"的传统思维模式脱颖而出，其中自然有对"终老不得归乡的幽灵"的文化上的慰藉："在海外 再没有比这块土地更能接近中国/在异域 再没有比这座墓园更能象征天堂/在这里 华裔子孙得以保留他们血缘的根/在今日 炎黄世胄得以维系他们亲族的情"，但更重要的，却是对于这些"流落异地的游魄"的生命作一历史见证："他们曾经过着白手起家 胼手胝足的日子/他们曾经忍受千辛万苦 创业维艰的磨难"。这种对于历史追溯的兴趣，使得作者常常越出对于中国文化的情有独钟，面对世界上他国民族文化历史、风土人情甚至某些生活习俗同样表现出兴味盎然，这也较为符合作者常到世界各地旅游观光的旅人身份。因此，我们在谢馨的诗作中，看到了粗犷原始的《大峡谷》，清纯明丽的《初抵爱荷华》，古色古香的《西班牙俱乐部》，风情万种的《新奥良纪诗》，如梦如幻的《新加坡印象》，还有那多姿多彩的"新英伦纪诗"、别具一格的《游澳诗抄》在这些"纪游诗"中，谢馨并未只是停留在猎奇观光的表层，而是表现出她对异国文化历史进行探究的浓厚兴致以及由此生发的感慨万千。例如她在《新奥良纪诗·后记》中写道："路（易西安娜）州充满历史传说及种族特色，曾受到西班牙及法国多年统辖。一八〇一年拿破仑再度自西人手中夺回路州所有权，但直到一八〇三年，路州被出售，归入美国版图的前二十天，当地人对此项易主之事，竟全无知晓。"因而她在诗中不无激愤地记下了被历史掩盖的一桩"越洋交易"：

　　　　封圣的颁布令则是二十世纪
　　　　二十年代的事了　那时
　　　　黑奴贩卖市场亦经关闭

另一种性质的越洋交易更扑朔

迷离　藏娇三年的韵事

不只涉及奥良女郎

被风流拿破仑

抛售的后宫三千也包括了整个

路易西安娜的南方佳丽

　　作者由美国联邦政府档案里储存的一张奥尔良女郎的神秘
照片的"传言"而"考证"出当年路州贩卖女子的"越洋交
易"的史实，而正是有这样的历史存在，所以，来此观光的诗
人敏锐地感觉到："蓝调爵士演奏出／现代的忧郁／白色木兰花细
诉着／身世的沧桑"。这首诗充分表明，作者并非一名纯粹走马
观花的观光客，她表现出了对于异族文化历史和人的命运的极
大关注与纪录热情。

　　生于上海，长于台湾，而后定居于较早西化的菲律宾，多
种不同的文化底蕴与生活经纬，使谢馨对于菲律宾本土文化的
特征及其历史沧桑的关注与描述，自然更具莫大激情和浓厚兴
趣：她的第三本诗集《石林静坐》第一辑收录了12首"有关菲
律宾的人、地、事、物"的诗，并将其命名为"菲岛记情"。与
表现中国文化历史时的典雅委婉不同，她对于菲律宾文化历史
的描绘，更注重其多元性与驳杂感。正如她那首有名的《哈
露·哈露（HALO HALO）》中所言："也是象征一种多元性的／
文化背景——不同的／语言、迥异的风俗习惯、宗教信仰／和生
活方式……像各色人种／聚集的大都市，充满了神秘／复杂的迷
人气息"。此诗通过菲语"混合"与菲律宾一种中西合璧的甜饮

的双重涵义，来象征、反映这个国度多元文化的意蕴和特征。

"超级市场"与"故乡菜园的芬芳"

当然，谢馨更感兴趣的还是菲国的人文历史，并将现代意识和哲学思考融入其中，因此也显示出一种刚柔相济、"软""硬"并蓄的特点来。例如"菲岛记情"中三首有关菲国女性形象的诗中，既有对已成为上流社会贤妻良母式的淑女典型优雅娴静的气质的认同（《玛莉亚·克拉芮》）；也有对历史上"巾帼不让须眉"的民族女英雄坚贞不屈的精神的赞颂（《席朗女将军》）；还有对现实中耄耋之年仍庇护、照应了许多爱国志士的菲国老奶奶达观开朗的性格的崇敬（《苏瑞姥姥》）。有意思的是，谢馨在描写这些菲国历史上和现实中受人尊崇的女性形象的诗中，在对她们的气质、品格表示钦佩的同时，更多地表现了她站在现代人的立场上对历史文化现象的深刻反思，如《席朗女将军》选取了已成为马尼拉城市雕像的民族女英雄对亡夫的内心独白的视角，来阐发作者对"生命/死亡""杀戮/和平""伟人/凡人""荣耀/寂寞"等现代哲学命题的解读：

> 今天　他们视我
>
> 为妇女解放运动的表征
>
> 他们说我是菲律宾的圣女贞德
>
> 他们将我挥刀跃马的形象停格
>
> 在全国最繁华的商业中心——
>
> 无数的车辆在我身旁穿梭
>
> 来往　但是杰哥

我是多么思念　与你并肩

驰骋的欢畅　邻近的

半岛和洲际　是两座现代所谓

五星级的旅社　那么杰哥

我们维干　甜蜜的故居和家园

应该是

整片闪耀的星空了

在这里，"昔日/今日""历史/现实"的现代意义，似乎变成了现实对于历史的反讽与不敬。或许，菲律宾的历史与现实，传统与现代，就是这样交织着定格于繁华商业中心的一座城市雕像上，既供人观光又令人深思。而在《苏瑞姥姥》中，作者则将一位有着光荣历史的老姐姐的事迹，归作了人生哲理的启迪："在生命中　如果有那么一个/时刻　你突然面对/发挥人性尊严与勇气的机会/你突然发现一种狂涛/闪电的力量　一种迈向自我/灵魂的完整与理想　你千万/千万不要犹豫　不要退缩不要/畏惧　不论/你是八十四岁或是九十一岁的/高龄//高龄不是借口"。或许，对于现代人而言，德高望重的现代人苏瑞要比供人瞻仰的历史英雄更具有亲和力与楷模性。

历史与现实，传统与现代，在谢馨的诗中并不仅仅定格于一座城雕、几位偶像之上，其现代意识和哲学命题的演绎还体现在，对于一些为常人司空见惯而又浑然不觉的东西，她也常常能够别出心裁，出奇制胜，例如像电梯、机场、时装表演、超级市场、旋转门甚至连椅子、镭射唱片、铁轨、脱衣舞等这些现代都市中并无诗意可言的物象（这些物象都是她的诗题），她也能挖掘出它们背后隐藏的深层文化意蕴及其"理"趣和"情"趣来。例如《电梯》："水银柱般/上上　下下/　上　下/下　/上/　高楼的体温/比女人的/心/更难伺候//七楼　三楼　二楼　九楼/充满阶级斗争的动荡/和不安";"水银柱般/　升　降/　起　落/　高楼的血压/比天气的/善变/更难预测",电梯成了观察现代城市脉搏的血压计。再如《机场》："岂可将我比作放风筝的孩子/望眼看尽多少人生聚散/胸臆纳几许世间往返/可以汇成一条河啊/那些离人的泪/可以震撼一座山啊/那些归人的笑",机场成了吞吐人生悲欢离合的起点与终点。还有《电视》："恐怖分子正劫持一架满载/乘客的七四七/啊！多么华丽庄严的皇室/婚礼。五国元首共同签署/一项反核武器协议书。你突然/站了起来,伸个/懒腰到厨房去/喝杯水",电视使公众人物与观众"零距离"接触,让原本沉重庄严的事迹变得荒诞可笑。更有《超级市场》："对着沙丁鱼罐头的标价想起潮水的上涨/曾淹没了多少城池,冲断了多少桥梁/在番茄酱的瓶盖上回忆/故乡菜园的芬芳/城隍庙前赶集的热闹,有一年/坐着牛车,颠簸了五里路/去买了一件花衣裳",超级市场容纳了人的"需求和欲望",也成为当今物价指数的晴雨表和思乡怀旧的触媒体。这里,我们在谢馨充满现代性和幽默感的都市诗中,又一次看到了她难舍难离的"想中国"的故土情结和怀乡思绪,这未尝不是现代意识中依然留存着对中华传统的依恋和珍视。

　　熔合古典与浪漫精神于一炉,汇聚传统与现代意识于一体,这就是谢馨及其诗作所反映的菲华文学中传统与现代因素的一种有意无意的融合,这种难解难分,乃至对于整个世界华文文学界也不无某种非同一般的启示和感悟。

图书在版编目(CIP)数据

脱衣舞 /(菲)谢馨著. — 银川:阳光出版社,2012.4

ISBN 978-7-5525-0112-4

Ⅰ.①脱… Ⅱ.①谢… Ⅲ.①诗集 — 菲律宾—现代 Ⅳ.①I341.25

中国版本图书馆 CIP 数据核字(2012)第 081193 号

脱衣舞　　　　　　　　　　　　　　　　　　　[菲]谢馨　著

责任编辑	王薇薇
装帧设计	石　磊
责任印制	郭迅生

黄河出版传媒集团
阳 光 出 版 社　出版发行

地　　址	银川市北京东路 139 号出版大厦(750001)
网　　址	http://www.yrpubm.com
网上书店	http://www.hh-book.com
电子信箱	yangguang@yrpubm.com
邮购电话	0951-5044614
经　　销	全国新华书店
印刷装订	宁夏精捷彩色印务有限公司
印刷委托书号	(宁)0012384

开　本	880mm×1230mm 1/32	印　张	6.5
字　数	200 千	版　次	2012 年 5 月第 1 版
印　次	2012 年 5 月第 1 次印刷		
书　号	ISBN 978-7-5525-0112-4/I·228		
定　价	22.60 元